京都伏見のあやかし甘味帖

神無月のるすばん七福神

柏てん

宝島社
文庫

宝島社

CONTENTS

もくじ

京都伏見のあやかし甘味帖

神無月のるすばん七福神

プロローグ

伊耶那美命まづ、「あなにやし、えをとこを」と言ひ、後に伊耶那岐命、「あなにやし、えをとめを」と言りたまふ。

おのもおのも言ひ竟へし後に、其の妹に告げて曰りたまはく、「女人まづ言へるは不良し」とのりたまふ。

然あれども、くみどに興して生める子水蛭子。

此の子は葦船に入れて流し去りつ。

『新版　古事記』〔二神の結婚〕より

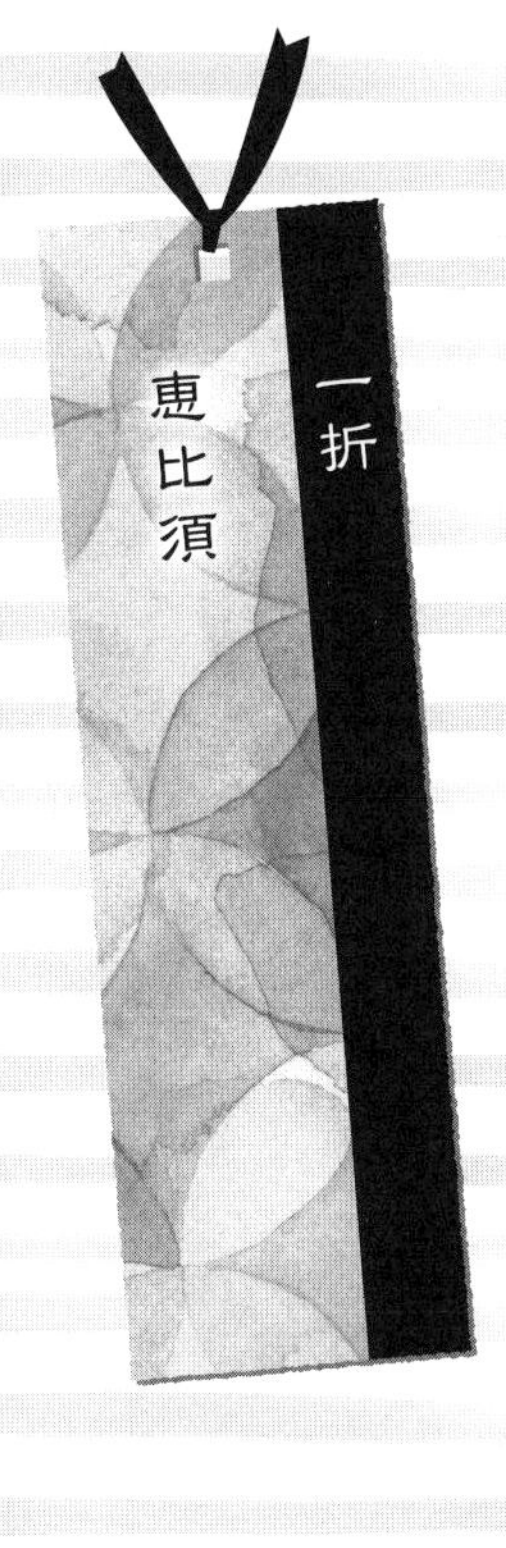
一折
恵比須

事務所の中に、不穏な空気が立ち込めている。

空気の発生源は、他でもない。この粟田口不動産の若き女社長、村田加奈子その人である。

何やら眉間に皺を寄せ、図面や書類をめくりつつぶつぶつと呟いている。

れんげはFAXで送られてきた手書きの物件情報（不動産業界ではまだまだFAXが現役なのだ）をパソコンでデータベースに打ち込む作業をしつつ、村田の様子を気にしていた。

年下だが、業界の経験で言えば圧倒的に先輩である相手だ。大丈夫かと尋ねたところで自分が村田の力になれるとは思えない。

だが、れんげに常に付き従っている狐のクロはすっかり村田の様子に怯えているし、何より既に午後一時を回っているというのに、お昼休憩も取らないでいるのはお互いに大問題だ。

作業に夢中で気づかなかったれんげも悪いが、このままでは事務所近くのお店は昼営業が終わってしまう。

事務所にほど近い大手筋商店街には酒処の伏見らしく居酒屋が多く点在しており、それらの店が昼に提供しているランチが最近のれんげの楽しみなのだ。

居酒屋は夜の営業が本番なので、その準備のために早ければ二時にはランチ営業を終えてしまう。

オーダーストップは一時半。どうにかそれまでに事務所から出なければいけない。

「あの……」

気の重さを感じつつ、れんげはようやく村田に声をかけた。

れんげの存在を忘れていたらしく、村田は細い肩をびくつかせる。

「あ……あ⁉　お昼！」

弾かれたように時計を見た村田は、言わずとも昼休みが過ぎていることに気づいたようだ。

「すいませんれんげさん！　奢(おご)ります」

「いや、別に……」

気にしなくていいと言いかけたところで、村田がれんげの言葉を遮(さえぎ)った。

「おすすめのお店教えますんで、アドバイスくださいっ」

不動産のことで助言できることがあるとは思えないけれど、意気込んでそう言われてしまえば、拒絶も難しい。

れんげは流されるままに村田と二人昼食に繰り出すことになった。

これはれんげがお人好しだからというより、村田のおすすめのお店が気になったからということが大きい。

京都で暮らし始めて日が浅いれんげにとって、地元民のおすすめというのはなかなかに魅力的な誘い文句なのであった。

⛩ ⛩ ⛩

村田のおすすめは、商店街から道を一本入ったところにある洒落た居酒屋だった。

名前は『栞屋（しおりや）』というらしい。

居酒屋らしく通されたのは個室だ。掘りごたつになっている席に、村田と向かい合って座る。

ランチメニューの中から、れんげはＭＡ・ＳＵセットを注文した。

ＭＡ・ＳＵセットというのは、白木の升に盛った小さな丼から二つを選び、おばんざいや味噌汁と一緒に定食のようにして食べるものらしい。

れんげは十種類以上あるＭＡ・ＳＵの中からほたて時雨（しぐれ）と炙（あぶ）り鯖（さば）きずしを選んだ。

炙り鯖きずしの方は酢飯だそうだ。

酒処らしく日本酒のメニューも豊富だが、仕事中なので今は我慢だ。今度改めてプライベートで来ようと誓（ちか）う。

一方で、村田が選んだのは名物らしいだしまき重セットというメニューだった。

運ばれてきた物を見てみると、なるほどその名の通り重箱に敷き詰められたご飯の上に、立派なだしまき卵が鎮座している。村田は小ごはんを選択していたが、それでも見た目はすごいボリュームだ。

どちらのメニューにも共通のおばんざいは、てんぷらに田楽（でんがく）、西京焼きに白和えと種類も豊富で目に嬉しい。

実物を見て、さらにお酒が飲みたくなってしまったれんげである。

『クロも！　クロもー！』

まだまだ甘えの抜けない狐も、料理が運ばれてくると食べたそうにまとわりついてくる。だが、さすがに村田の目の前で分け与える訳にもいかないので、かわいそうだが今は無視だ。

「いただきます」

奢りだということで神妙に手を合わせ、遅めの昼食が始まった。

おいしい料理を前にしても、相変わらず村田は難しい顔をしている。

これでどうしたのかと聞いてしまうと、なんだか面倒ごとを押し付けられそうな気がしてしまうれんげである。

村田の知り合いから持ち込まれた祠（ほこら）の事件によって、古き神々と厄介な縁を得てしまった事件は記憶に新しい。

空腹も手伝って、れんげは黙々と料理を片付けた。

村田の方も、なんだかんだ付属の出汁でだしまき重を出汁茶漬けにして残すことなく完食していたので、それほど深刻な悩みではないようにも思われた。

しっかり完食して食後のコーヒーを楽しんでいると、村田がようやく意を決したように口を開いた。

「れんげさん。ちょっと相談なんですが……」

さすがに、正面切ってこう言われてしまえば無視することもできない。相手は上司であると同時に雇い主でもあるのだ。

「何？」

「実は、例の町家について融資をお願いしている銀行の担当者の方から、融資が難しいと言われてしもたんですよ。借地なので厳しいのは予想してましたけど、そのうえ建物が町家というだけでは魅力に乏しいと言われてしもたんです。京都市内だけでも、町家を利用した宿泊施設は無数にあるからと」

例のゲストハウスというのは、橦木町（しゅもくちょう）にある笹山（ささやま）邸である。

江戸時代後期の遊郭が元になった建物で、由緒はあるが手入れがなされておらずボロボロの状態だったのものを、改装して民泊として貸し出そうというのが村田の計画なのである。

だが、一言で町家の改装といっても、莫大な資金が必要だ。元の状態を考えると、改修改装にかかる費用は同じ広さに新築の家を建てる費用を軽く凌駕(りょうが)する。

「立地はええですし、実際に来ていただければ良さは分かってもらえると思うんです。だから、何か宣伝に使えるような売りがあればと言われて……」

昨日銀行でその話をされてから、村田はずっと何を売りにすればいいかと考えていたらしい。

思ったよりまともな相談で、こう言ってはなんだがれんげは安心した。こういう話であれば、京都で苦労させられてきた神様やあやかしの類とは関わり合いにならずに済みそうである。

「民泊のメインターゲットは、海外からのお客さんです。なのでれんげさんであれば、何かいいアイディアが浮かぶのかとおもて」

確かにれんげは外資系の商社で営業をしていたので、海外への渡航経験は一般人よりは多いと言えるだろう。仕事のために必須だった語学力についても、そこそこ自信はある。

だが、宿泊業含む観光業に関しては全くの門外漢であり、仕事に夢中でろくに観光もしてこなかった。なので、海外からやってくる観光客の好みについても詳しくない。

もちろん、そのことは村田も承知のはずで、だからこそ昼休みも忘れるほどに悩んでいたのだろう。

それにしても、銀行の担当者を納得させるほどの売りとなるとなかなか難しい。

プレゼンという意味では営業時代のそれと同じであるが、相手はれんげが扱う商品に対してお金を払うのではなく、事業の将来性を見て融資を返済可能であるかどうかを判断しているのだ。

そしてこの場合、土地建物はそもそも笹山のものなので融資のための担保にすることができない。

それをひっくり返すほどの魅力的な事業計画となると、村田でなくとも頭を抱えてしまうのも当然である。

「融資が通らないと、そもそもれんげさんに入っていただいた意味が……」

気まずそうに、村田がれんげを見る。

確かに、村田の当初の計画では、れんげに恩義を感じた笹山がぜひ家を貸したいと言ったことで、管理人をれんげとして町家を民泊に改装する予定であった。

だが莫大な資金が必要な改装に融資が受けられないとなると、村田の計画は白紙に戻ってしまう。すると自動的に、れんげが粟田口不動産にいる意味もなくなってしまうというわけだ。

理屈としては理解できるが、せっかく覚悟を決めて京都で就職したというのに、すぐさま解雇というのはあまりにもひどい。

思わず村田を睨みつけると、彼女は誤魔化すように苦笑いを浮かべた。

まだ昼だが、本当に一杯飲みたい気持ちである。

「とにかく、れんげさんも何か考えてみてください。私はずっと京都ですけど、外から来た人の方が京都の魅力がよぉ分かると思うんです」

そういうわけで、そもそも京都に詳しくないれんげが民泊の目玉について考えるという、なんとも奇妙な事態になったのだった。

⛩⛩⛩

それから数日、れんげは村田に言われた民泊事業の目玉について考えていた。

解雇をほのめかす村田のやり口は気に食わないが、そもそもれんげが来る前は彼女一人で回していた事務所なのだし、民泊を行わないのであれば不要な労働力をいつまでも雇っている理由はないのも理解できる。れんげは不動産業務に関しては単なる素人だし、今やっている業務はせいぜいアルバイトレベルのことだ。それでも正社員待遇で雇用してもらっているのは、将来的に民泊事業を任せるためだったのだろう。

つまり現在のところ、れんげはもらっている給料分の働きができているかというと、否なのである。

とはいえ先日の玉依姫命(たまよりひめのみこと)に関する一連の出来事を思うと、客観的に見ても全く貢献していないわけでもないと思うのだが。

だがそれでも、もともと実力主義の職場で働いてきたれんげは、働く以上は仕事に貢献したいという思いがある。

なのでここ数日は、海外のバケーション関連のサイトを覗いてみたり、今更ながらに京都の観光地を紹介するガイドブックを読んでみたりした。

すると中には、行ってみたことのある場所がやけに楽し気(げ)な観光地として紹介されていて、驚かされた。

れんげにとっては、伏見稲荷大社(ふしみいなりたいしゃ)も八坂(やさか)神社も上賀茂(かみがも)神社も、落ち着きのある風光明媚な場所というより、恐ろしい神のいる場所という認識だ。

ともあれ、それを知らない人間にとっては観光地となりえる珍しい場所、神秘的な場所というわけだ。

京都という観光地は、外国人によるレビューを読むと、やはり伝統文化を感じられる場所として訪問する人が多いようだ。神社仏閣をはじめとする歴史的な建造物。それらに神秘的な部分に魅力を感じるらしい。なかでも伏見稲荷大社は人気が高いようで、レビューでも高得点を獲得していた。

れんげは伏見稲荷神社で祀られる白菊命婦が、たくさんの外国人にうろたえるさまを想像してしまい、思わず笑ってしまった。

『れんげ様、何か愉快なことが書かれているのですか？』

英語が読めないクロは、不思議そうにノートパソコンを覗き込む。

このノートパソコンは、スマートフォンの大きさに限界を感じて新たに買い求めたものだ。クロなどは『すまほぅ』が大きくなったと驚き騒いでいた。大きくなっても、スマホを敵視しているのは相変わらずらしい。

れんげは凝視していた画面から目を離すと、その場で伸びをした。最近は仕事を終えてもパソコンに向かっていることが多いので、どうしても肩が凝ってしまう。

「一息入れませんか？」

そう言って、虎太郎がちゃぶ台の上にいつもの湯飲みを置いた。珍しいことに、その湯飲みからは紅茶の香りが漂う。

れんげは思わず虎太郎の顔を見た。

和菓子好きの彼が抹茶や煎茶を飲むことはよくあれど、紅茶を淹れているのを見たのは初めてかもしれない。

そんなれんげの考えを読んだのか、曇った分厚い眼鏡の奥に、少し照れたような笑みが浮かんでいた。

「宇治産の和紅茶だそうです。和菓子にも合うって聞いて試してみとうなって」

和紅茶とは、日本産の茶葉で作られた紅茶の総称だ。

そもそも紅茶とは、品種の違いはあれど緑茶と同じくツバキ科ツバキ属のチャノキの葉から作られる。摘み取った葉を乾燥させて発酵させることにより、烏龍茶とは違う赤みのある色に変わるのだ。

つまり緑茶の生産が盛んな日本は、紅茶の生産にも適した気候と言える。

言葉に甘えて湯飲みを持つと、手のひらにぬくもりが広がった。

十月に入ると嘘のように涼しくなった。もともとスーツケース一つで京都にやってきたれんげは、服が足りず上着を買い足す羽目になった。

虎太郎の淹れてくれた紅茶は、飲み慣れた外国産のそれと違いまろやかで不思議と緑茶に似た味がした。香りが紅茶なのにこれは不思議だ。

これならば、和菓子に合うという虎太郎の言葉も納得がいく。

茶菓子はイノシシの形をした最中だった。

「ふふ、かわいい」

れんげがそう呟いてしまうのも無理はなかった。小さな最中はころんとした形で、子供のうりぼうを彷彿とさせる。

「これ、『うりんこ』ゆうんですよ。中もただの餡子じゃなくて――」

そう言うと、虎太郎は自分の分の最中をぱかりと開いた。中には餡子以外にもいくつかの具材が詰まっているようだ。

「ええとこれは栗？」

「栗の甘露煮と、黒豆、それに乾燥いちじくだそうです」

れんげの知識の中にある最中は中に餡子が挟まっているだけのものだったので、これには驚いてしまった。

口に入れてみると、なるほど四種類の甘みが口の中で弾けた。イチジクのつぶつぶした種がいいアクセントになって、今までに食べた最中とは食感も異なっている。

虎太郎の方も、自分の分のうりんこを口にして幸せそうに顔を緩ませている。

猫舌ならぬ狐舌で熱いものを飲めないクロは、浅い器に淹れてもらった和紅茶をふうふうと冷ましている。

村田から頼まれた町家の目玉探しで疲れた頭が、少しだけ軽くなった。

狭い町家は暮らしやすいとは言い難いが、東京にいた頃のようにぎすぎすと心が荒むことはない。

転職したからか、それとも穏やかな同居人のおかげか、あるいはその両方か。

束の間のティータイムを、れんげは楽しんだ。

「そういえば、『うりんこ』を作ってはる『かぎ甚』さんは、おべっさんの近くにあるんですよ」

「〝おべっさん〟？」

思わずそう問い返してしまったのも無理はない。

東京生まれのれんげには、耳馴染みのない言葉だったのである。

「東じゃ言わへんのかな……ええと恵比須様のことです。あ、でもおべっさんは俺の地元の言い方で、こっちではえべっさんって言うんやったかな」

恵比須様ならば、さすがのれんげも覚えがある。山手線の恵比寿駅前に銅像のあるあれだろう。

れんげは大きな福耳を持つにこやかな神様を思い浮かべる。といっても、その名を冠したビールの方がよほど馴染み深いのだが。

「ええと、その和菓子屋さんの近くに恵比須様を祀ってる神社があるってこと？」

「そうです」

「へえ」

「そ、それでですね」

虎太郎が、なんだか言いづらそうに口を開いた。

和菓子について喋っていた時はあれほど流暢だったというのに、今度は落ち着かなそうに眼を泳がせている。

「どうしたの？」

不思議に思って尋ねると、虎太郎が思い切ったように言った。

「あ、案内するんで、一緒に見に行きませんか？　えべっさん……」

そして言い終えると、今度は頬をほんのり赤く染めている。

なんとも初々しい、乙女のような反応である。

これにはれんげも面食らってしまう。なにせこの青年ときたら、いきなりキスをしてきたりするくせに、付き合う前より付き合い始めた後の方がよほど純な反応をして見せるのだ。

だが、この誘いを断るほどれんげも意地悪ではない。

村田の言う目玉探しも暗礁に乗り上げている最中だ。気晴らしにはちょうどいいと、虎太郎の誘いに頷いたのだった。

⛩ ⛩ ⛩

京阪本線を、祇園四条駅で降りる。

六番出口から出て最初に目に入るのは、真新しい南座だ。

そういえば歌舞伎もまた、外国人に人気だと聞いたことがある。

こちらはレビューサイトのクチコミではなく、自分で見聞きした情報だ。

仕事で渡米していた時に、ちょうどラスベガスで歌舞伎の公演が行われていた。その時の仕事相手が偶然観劇しており、れんげが日本人だと知ると歌舞伎についての話ばかり振られて困った記憶がある。

こちらが歌舞伎について何も知らないと分かると相手はやけに残念がって、それでも日本人かと怒られた。

どうにも自分は、伝統文化というものに疎い。そんな自分が町家民泊の目玉を考え出すことなど、不可能ではないのか。

うんうん唸るれんげをしり目に、狐は拓けた川沿いの道が嬉しいのかぶんぶん尻尾を振っている。

「れんげさん大丈夫ですか?」

心配そうにする虎太郎を見て、れんげははっとした。

二人でいるのに、仕事のことばかり考えて上の空でいるのはさすがに失礼だ。

思えば、元カレの浮気もこんな失敗を積み重ねた末の惨事だった。

今になってみると、完全にあちらだけの過失だったとはいいがたい。恋愛というやつは、二人の関係を維持していく努力というのがどうしたって必要なのだ。

「ごめん。大丈夫だから」

そうして二人と一匹は、鴨川沿いの川端通を南に向かってゆっくりと歩いていく。夏は川床が賑わうこのあたりも、今ではすっかり冷たい風が吹くようになった。紅葉の季節はまだ少し先だが、じりじりと煩かった蝉の音がしないだけで、もう秋なのだとしみじみ感じる。

団栗通までくると、観光客の姿もとんと見えなくなる。

老舗のおでん屋さんを曲がって、狭い路地に迷い込む。

きっとこんな何気ない道も、京都の魅力なんだろう。碁盤の目に例えられる道。ガイドブックに載らないような何気ない通りにも、瓦屋根の趣ある建物が立ち並ぶ。

先ほどのやり取りを申し訳なく思い、れんげは上の空で歩いていた理由を話すことにした。

「実は、ちょっと厄介な仕事を頼まれちゃって」

年下の虎太郎に仕事の相談をするのは抵抗があったのだが、何も話さないことの方が不誠実だと最近では思うようになった。

「ええと、確か不動産屋さんでしたよね？」

「社長は町家を改装して民泊をやりたいらしいんだけど、何かお客さんを呼べる目玉はないかって言われて」

さすがに融資云々のことは省略して簡単に話すと、虎太郎も腕組みをして考え込む。

「そ……れは、難しいですね。俺も民泊やってましたけど、結局お客さんはれんげさんだけでしたし……」

虎太郎が小遣い稼ぎがてら始めた民泊。それがなければ二人が出会うこともなかったのだ。

そう思うと、れんげはなんだか不思議な気持ちになった。

今になって思えば、よくもあんなにとげとげしかった自分を受け入れてくれたものだ。宿泊期間の延長もすぐさま応じてくれ、それどころか迷惑ばかりかける自分を好きだという。

今度は二人で唸りつつ足を進めると、古式ゆかしい料亭から多国籍風のカフェまで様々な店が立ち並ぶ路地を抜けて、左手に巨大な伽藍が現れた。

石碑には『臨済宗総本山　建仁寺』とある。

「わ、大きなお寺」

京都ともなれば神社仏閣など珍しくもないが、建物が建ち並ぶ市街地にこれだけ巨大な敷地を持つ寺院はさすがに珍しい。

思わず立ち止まったれんげに、虎太郎は言った。

「今日行くえべっさんは、元はこの建仁寺の敷地にあった鎮守社だったそうですよ」

「鎮守社？」

「ええと、お寺を護るための神社だそうです」

お寺を護る神社というのはなんとも不思議に感じるが、明治時代に廃仏毀釈（はいぶつきしゃく）で神社とお寺が分離されるまで、両者はごく当たり前に共存していたのだ。

そして建仁寺の門を通り過ぎると、左側に虎太郎が最中を買ったという『かぎ甚』があった。クリーム色の外壁を持つ普通の住宅に見えるが、暖簾が掛けられており老舗の和菓子屋さんというより、地元ながらのちょっとしたお店という雰囲気がある。

一方で庇（ひさし）に掛けられた木の看板は、いつから使われているのか深い渋みのある色に染まっており、風格を漂わせていた。ただそこには、『かぎ甚』ではなく『鍵甚良房（かぎじんよしふさ）』と書かれている。

「かぎ甚さんは四条通にある『鍵善良房（かぎぜん）』さんから独立した番頭さんが起こしはったんですよ」

生き生きと説明する虎太郎に、れんげは思わず笑ってしまった。

『虎太郎殿～。もっと若人（わこうど）らしい話題はないのですか？　もっとこう、ロマンチックなと言いますか――ういっとに富んだ会話というやつです』

最近テレビドラマにハマっている狐が、さらに余計なことを言う。まったく余計な知識をつけたものだ。

そのせいで今までの意気はどこへやら。虎太郎はすっかり委縮し、眼鏡の奥の瞳を不安げに彷徨（さまよ）わせる。

「こ、こんな話されても困りますよね」

挙動不審になる虎太郎に、れんげは慌てて否定した。

「違う違う！　面白いよ。本当に和菓子が好きなんだなって思っただけ」

和菓子が好きで、その好きなものを仕事にしようともがいている虎太郎を、れんげはまばゆい気持ちで見ている。

自分も就職活動をしている時は、ひどく悩んだ。

運良く採用された会社で飛び込んだ営業という仕事は性に合っていたが、そのせいでのめり込み周囲を置き去りにしてしまったとも言える。

好きなことを仕事にするというのも楽しいだけではないだろうが、虎太郎の未来には幸せが待っていてくれればいいとれんげは思う。

少なくとも優しい心根を持つ虎太郎ならば、れんげと同じような間違いは冒さないだろう。

「あんたも、余計なこと言うんじゃないわよ。テレビ禁止にするからね」

思わずしかりつけると、狐は尻尾を丸めて震え上がった。

『れんげ様、それだけは、それだけは何とぞ！』

いつの間にこんなにテレビ好きになってしまったのだろうか。といっても見ているのは、サブスクリプションの海外ドラマのようだが。

白菊の手前もあることだし、教育に悪いようならサブスクリプション自体解約しようかと悩むれんげである。

すると今度は、その様子を見ていた虎太郎がくすくすと笑いだした。

「なんや、ほんまの親子みたいですね。クロとれんげさん」

先ほどの狼狽ぶりはどこへやら。優しい顔をした虎太郎の笑顔に今度はれんげが照れてしまうのだった。

「妙なこと言わないでよ。コレと親子っておかしいでしょうが」

『コレなんてひどいですぅ』

尻尾をしっかり後ろ足の間に入れて怯えながらも、狐はしっかり不満を表明してくる。尻尾の先の玉が当たって痛くないのかと思うが、きっと超自然的な力で避けているのだろう。そもそも、クロ自体が虎太郎とれんげしか視ることのできない超自然的な存在なのだから。

そういえば、以前笹山邸で出会った女子大生もクロが視えていたようだ。だとすれば、今後もクロが視える人間に出会うことはあるのかもしれない。

「それで、何か買っていく？」

話の流れを変えようと、れんげは問うた。

虎太郎は笑いを収めると、ゆるゆると左右に首を振る。

「いえ。先日頂きましたし、今日は我慢します。長時間持ち歩くんは和菓子屋さんにも失礼ですから」

どうやら、虎太郎なりに和菓子への哲学があるらしい。

そういうわけで二人と一匹は『かぎ甚』の前を通り過ぎた。

少し行くと酒屋があって、れんげはそちらに吸い寄せられそうになってしまった。

「れんげさん。つきましたよ」

「え？」

酒屋の店先に張られた日本酒のポスターに気を取られている間に、いつの間にか目的地に到着していた。

朱塗りの柵に、石造りの明神鳥居。都七福神の色とりどりの幟（のぼり）。石柱には『恵比須神社』と彫られている。

鳥居横の案内板によると、この神社で祀っているのは事代主神（ことしろぬしのかみ）、少彦名神（すくなひこなのかみ）、大国主大神（おおくにぬしのおおかみ）であるらしい。

「恵比須様じゃないのね」

つい、そんな言葉が口をついた。

どうして祀っているのが恵比須様ではないのかと。

「ええと、この事代主神っていうのが恵比須様らしいです」

なるほど、別名であったらしい。立て札の続きには虎太郎の言葉通り、先ほど通り過ぎた建仁寺の鎮守社であった旨が記されていた。建仁寺を開山した栄西禅師が宋から戻る際嵐に遭い、遭難しかけたところを恵比須神が現れ救ったという。

鳥居をくぐり、左手にある御手水で手を洗う。

入って右には、鯛を抱えた恵比須様の像が二体鎮座していた。

片方は釣り竿を持っているが、もう片方にはそれがない。古い像のようだから。折れてしまったのだろう。

少し奥まったところには、紙垂を垂らした縄が巻かれた小さな石碑が二つ並んでいた。

向かって右は名刺塚。左は財布塚と書かれている。だがそれよりも目を引いたのは、石柵に書かれた『松下幸之助』の文字。言わずと知れたパナソニックの創業者だ。

実は、この財布塚を寄進したのが松下幸之助その人なのである。

ビジネス書などで何度も見てきた名前だけに、れんげはむしろその名前の方を拝みたくなってしまったくらいだ。

気を取り直して本殿に向かう。途中もう一基の鳥居があって、真ん中の扁額が置かれるべき場所には、上向きの箕を模った青銅製のエンブレムが飾られていた。エンブレムの真ん中には何とも福々しい恵比須様の顔が配置され、箕の下側には熊手が突き出ている。れんげは知らなかったのだが、虎太郎によるとどちらの道具も縁起物なのだそうだ。

「十日戎の時に箕も熊手も買えますすよ」

「十日戎？」

またも耳慣れない単語だ。

「知りませんか？　ほら、『商売繁盛笹もってこい』って」

陽気な節回しだが、どうして商売繁盛に笹が関係あるのか分からない。

「どうして笹なの？」

「え？　いやぁそういえばどうしてでしょうね」

虎太郎は困ったように首を傾げる。

「十日ゑびすは一月のお祭りですよ。参道も境内も屋台でいっぱいになって、熊手とか福笹を買うて帰るんです。市内のお店によう飾ってありますすよ」

そう言われてみれば、見たことがあるかもしれない。今までは気にも留めなかったが。東京で言うところの、酉の市のようなものだろう。

「よく知らなかったけど、恵比須様って商売繁盛の神様なのね」

東京でも縁起物の七福神や熊手を飾る会社はあるだろうが、あいにくとれんげの古巣は外資系である。

七福神という存在は知っていても、一人一人の神様については何も知らない。一体どういう神様がいるのだろうと、ここで初めて興味が湧いた。

商売繁盛というのなら、どうか町家の民泊開業がうまくいくよう取り計らってほしいものだ。

覚悟を決めて飛び込んだ業界で、融資が下りないからといきなり放り出されるのでは困ってしまう。

「れんげさん。最近仕事のことで難しい顔してはりましたもんね。恵比須様がどうにかしてくれるとええんやけど」

驚いたことに、虎太郎はれんげの苦悩に気づいていて、わざわざ恵比須神社にまで連れ出してくれたらしい。気を遣わせてしまったなと、口には出さずに反省する。

同時に、自分のためを思ってあんなに照れながら誘ってくれたのかと思うと、なんとも言えない面映(おもは)ゆい気持ちが込み上げてくる。

二人は本殿に手を合わせてお参りを済ませた後、看板の案内に従い本殿の左奥へと向かった。

そこには外に出るための門があったのだが、看板で指示されていたのはどうやらその手前にある本殿の壁のようである。

　壁は格子状の柵になっていて、その一部分にだけに板が張られていた。説明書きには、その板をトントンと叩くようにと書かれている。

　今までにどれほどの人がこの板を叩いてきたのだろう。板の表面はまんべんなくへこんでおり、ここに置かれた歳月の長さを物語る。

　二人は賽銭箱に賽銭を入れ、板をコンコンと叩いた。恵比須様の肩を叩くように、優しく叩くのが作法らしい。

「こんなお参りの仕方があるのね」

　ここ数か月で色々な神社仏閣を巡ったれんげだが、このようなお参りの方法はなかった。

　板はコンコンと乾いた音がした。

「そういえば」

　その時、虎太郎は何かを思い出したように言った。

「今は神無月やから、神社にも神様はおらへんのでしょうか」

「神無月？」

　虎太郎の言葉の意味が、すぐには理解できなかった。神無月が十月の別称だと気づいたのは、一拍後だ。

「ええと、十月は日本の神様がみんな出雲大社に集まるから、日本中から神さんがおらんくなって神無月って言うらしいんですけど……そういえばクロは行かなくてよかったんでしょうか？」

二人の視線が、クロに集中する。

当の本人ならぬ本狐は、不思議そうに首を傾げるばかりだ。

『ええと……我はその出雲に行かねばならなかったのでしょうか？』

クロも不安げだ。

まだ一歳を迎えておらず、その上仲間たちとではなく人間の中で生活しているので、神使というものに対する理解が浅いのは仕方のないことである。

これにはれんげも、困惑を隠せない。

「お山からは何も言ってこないし、大丈夫だとは思うけど……」

この場合、お山というのは伏見稲荷大社のある稲荷山を言う。つまりはそこに暮す白菊命婦や黒烏だ。

『ホホッ、問題ないじゃろう』

するとまるでれんげたちの会話に相槌を打つようにして、老人の声が響いた。

「そんな無責任な――って……え？」

そう口にしてから、れんげは慌てて振り返った。

そこには、狩衣（かりぎぬ）姿に烏帽子（えぼし）を乗せ、鯛を抱えた奇妙な老人が浮かんでいた。右手には笹を握っている。

その姿は先ほど見た石像にそっくりだ。

思わず頭を抱えたい気持ちになった。これはどう考えても、いつものやつだ。

傍らでは虎太郎が口を閉じることも忘れて老人を凝視していた。それはそうだろう。れんげだって似たような経験がなければ、同じような反応になったに違いない。

どうしてこうも、行く先々で奇妙な出来事に行きあたるのか。

いっそこのまま何も見なかったことにして逃げ出したい気持ちになるが、それはそれで後が怖い。

もはや諦めにも似た境地で、れんげは老人に問いかける。

「恵比須様……ですか？」

『いかにも』

恵比須顔の由来に恥じぬにこやかな顔で、老人は頷く。

存在を認識し、その上言葉を交わしてしまった。ならばもう逃げることはできない。れんげの側がのぞんだわけではない以上、おそらくあちらに何がしかの事情があるはずだ。

わざわざこうして姿を現した、その理由が。

その証拠に、老人は豊かな八字髭（はちじひげ）を指で撫でつけながら、れんげを観察するかのように見下ろしている。

『小薄（おすすき）の血を引く娘というのは、おぬしのことかのう。なんでもよろず頼み事を解決して回っているそうではないか。感心感心』

勝手に得心され、褒められてしまった。

だが、れんげには自分が頼み事を解決しているという認識はないし、これまでに体験した厄介事について言っているとしたら、それは明らかな間違いである。

だが、下手につついて相手の怒りを買いたくはない。神の怒りを買うことがどれだけ恐ろしいか、嫌というほど学んできたれんげである。

嫌な予感をおぼえつつ相手の出方を窺っていると、恵比須が小脇に抱えた鯛が、突然口をきいた。

『恵比須様。お客人が困っておいでですよ。疾（と）く本題に入りませんと』

パクパクと口を開け、鯛が喋っているではないか。

魚が空気中で口を利くという異様な光景に、れんげと虎太郎の目は釘付けになってしまった。

「鯛が……」

そう呟いたのは、どちらであったか。

鯛は耳ざとくその呟きを拾い上げると、恵比須の懐から飛び出し空中を泳いだ。

『その通り！　いかにもわたくしは鯛にございます』

鯛に胸があるかは知らないが、宙を泳ぐ魚は腹びれを反らせるようにして堂々と言い放つ。

『突然お声がけしてしまい、さぞ驚かれたことでしょう』

驚くというのなら、きっと鯛の勢いに一番驚いている。だがそんな指摘をすることなどできようはずもなく、れんげの口からは呆けたため息のような声が漏れた。

「は、はあ……」

鯛は空中を優雅に泳ぐと、れんげの目と鼻の先まですさまじい勢いでやってきた。

ぎょろりとした瞳に見つめられると、なんとも居心地が悪い。近づいても生臭いということはないので、普通の鯛とは違う何かなのだろう。

『実は最近神使たちの間で、困りごとを解決してくださるお方がいると評判でして』

「は？」

『いえね、この都はあちらを向いてもこちらを向いてもたくさんの神様がおいでですして、ですが歴史が長くねじれにねじれているので、そう簡単にやりとりなどできないのですよ。因縁のある神様方もおおございますからね。ですがええ、神使ならば比較的融通が利くのです。ちょっとあなた最近どうなのといった調子で、情報収集をですね、ええ。のんびりしているとあっという間に時代に乗り遅れてしまいますからな。おっほっほ』

特徴的な笑い声を響かせつつ、鯛のマシンガントークは止まらない。

鯛は鋭い胸鰭で本殿横にある小さな祠を指し、話し続ける。

『ちょっと前にね、ほらそこに合祀されてる岩本さんに、聞いたんですよ。あの白菊命婦さんに喧嘩売って生きて帰った人間がいるってね。白菊命婦さんって言ったらあんた、顔は綺麗だが怒らせたら怖いってんで有名でしてね。それをまぁよくも人間の身で無事だったもんだって皆さんで感心してたんですよ。そしたら今度はあーた、鬼女を鎮めただの八坂さんでひと悶着あっただの、いろんな噂が流れてきましてね。こりゃあ大した剛の者だってんで、わたくしが恵比須様に奏上したんですよ。あなた様にお頼みしたらいかがでしょうかって具合で』

まるで予め台本でも決められていたかのように、立て板に水でよくしゃべる。まるで落語でも話しているかのようだ。

呆気に取られていたれんげだが、鯛の話を聞いていて背筋がぞぞっと冷たくなってきた。もしやれんげの話が、この鯛だけでなく京都のあちこちの神様に知れ渡っているというのか。だとしたら、これからも妙な頼みごとやあらぬ因縁を付け続けられることになるのではないか。

「鬼女を鎮めたのは稲荷大社の黒烏だし、祇園祭も牛頭天王にお力を借りただけで、私に何か特別な力があるわけじゃ……」

そうだ。

怪しいものを視るからといって、それらを不思議な力で退治できるわけじゃない。いつもいつもみっともなくあがいて、誰かの力を借りてどうにか事なきを得ているだけなのである。

するともとと丸い目をくりくりと丸くして、恵比須の元へ戻りこう言った。

『恵比須様！　なんとも謙虚な娘御じゃありませんか。やっぱりお頼みするならこの方しかいませんよ。ええ』

れんげの意図するところなど少しも伝わらなかったようで、興奮した鯛はその尾びれでぺちぺちと恵比須の体を叩いている。

『うむ、そうじゃなぁ。娘御よ。せめて話だけでも聞いてはくれまいか？　やつがれは本当に困っておるのじゃ』

れんげと虎太郎は顔を見合わせた。

厄介事はごめんだが、流石にこうまで言われては無下にもできない。

「ま、待って！」

れんげは慌てて鯛の言葉を遮った。

結局、二人と一匹はそのまま恵比須の話を聞くことになった。

『先に、そなたらの悩みについて解決しておくとしよう。そこな狐を出雲へと行かせねばならぬかという話じゃ。暦は神無月。出雲に集まる神もおるが、そのほとんどは国つ神じゃ。天つ神や蕃神の類はそれにあたらん。案ずることはない』

「くにつかみ……ですか?」

聞き覚えのない単語に、思わず首を傾げる。

『ああ。やつがれの父――大国主命を筆頭とする葦原の中つ国に元からいた神々を国つ神。そして天照大御神に始まり、高天原に居られる、あるいは高天原から天降った神々を天つ神という。稲荷の――宇迦之御魂は天つ神じゃ。国つ神とは、初めにこの国土を耕した者。そして、国を追われ土地を追われ、出雲に追いやられた神じゃ』

国を追われたとは随分と過激な表現だが、恵比須こと事代主神はにこやかな表情を変えることもなく、平坦な口調で語る。

実は恵比須様こと事代主神には、とんでもない曰くがある。彼にかつて何があったかと言えば、それは古事記の建御雷神と国譲りの章にて語られる。

天照大御神は、己が孫の邇邇芸命こそ葦原の中つ国を治めるに相応しいと思い、地上に建御雷神を遣わせる。

その頃地上を治めていた大国主命は、国を譲り渡すようにという建御雷神の問いに対し、己が子である事代主神が返事をすると答えた。

そこで建御雷神は美保の岬で魚釣りをしていた事代主神を呼び寄せ、国を譲るよう迫った。事代主神は国を献上すると答え、自分は柴垣の中に隠れてしまった。

そして無事、葦原の中つ国は邇邇芸命が治めるところとなり、現代の天皇家へとその血は受け継がれていくのである。

そんな神がどうして恵比須になったかというと、それは事代主神が魚釣りをしていたからだ。そのことから漁業の神であるとされた。

「ならばなぜ、恵比須様はここにいらっしゃるんですか？」

れんげが問う。

恵比須は大国主命の子。つまり国つ神ということになる。

今の説明が正しければ、いの一番に出雲へ向かうべきではないのか。

『それはやつがれが留守神だからだ。神無月に神々が留守にしても滞りなく済むように。留守居役をしておる。とはいっても、京はどっちを向いても天つ神ばかりで、そうそう仕事もないのだが』

何となく、恵比須の笑みが苦笑のように見えたのは気のせいか。

『さて、ぬしらの悩みが解決したところで、やつがれの悩みを聞いておくれ。それはな、これなんじゃ』

そう言って、手にしていた笹を振る。

「笹、ですか？」

れんげも虎太郎も、ついでにクロも、首を傾げるばかりだ。

そこで、虎太郎が何かを思いついたように声を上げた。

「ああ、釣り竿！」

「釣り竿？」

『そうじゃ。やつがれは古くは漁師の神。いつも釣り竿を持っておる。それがのうなってしまったのじゃ』

「え！」

これには、驚かざるを得なかった。神様が持ち物を失くすなんてことが、果たしてあり得るのだろうかと。

だがそこで間髪入れず、再び先ほどの鯛が話の中心に躍り出る。

『いいえ、いいえ！　釣り竿は盗まれたのですっ。鯛は必ず釣り竿をいつもの所に戻しましたとも。どこぞの悪心を持つ者が釣り竿を盗んだに違いないのです！　どうか犯人を見つけ出してくださいませ』

鯛が、興奮したように体をくねらせる。

どうやら、釣り竿を最後に見たのはこの鯛であるらしい。

れんげと虎太郎は顔を見合わせた。

厄介事を解決して回っていたつもりなど微塵もないが、こんなにも必死になって頼まれたら無下にもできない。

「……本当に、見つけられるかは分かりませんが……」

そう言って、二人と一匹は恵比須の釣り竿探しをする羽目になったのだった。

虎太郎の甘味日記　～えびす焼編～

これはまだ、虎太郎がれんげと出会う前のこと。

具体的に言うと、一月九日。

誰もいない実家に戻ることもなく一人で年を越した虎太郎は、京都えべっさんことゑびす神社を訪れていた。

この日は十日ゑびす大祭の前日ということで宵ゑびす祭に当たり、参道からすでに福笹や熊手などの縁起物を求めるたくさんの人で賑わっている。

十日ゑびすのお祭りは毎年八日から十二日まで五日間にわたって行われる。八日は招福祭、九日は宵ゑびす祭、十日が十日ゑびす大祭、十一日が残り福祭、そして最後の十二日が撤福祭というスケジュールだ。

八日には宝恵(ほえ)かご社参といって、太秦(うずまさ)の映画村の俳優が江戸時代の芸妓(げいぎ)に扮し、笹を乗せたかごに乗って参内し熊手などを配る。これが十一日の残り福祭となると、今度は本物の舞妓さんによる笹の授与が行われる。

なんとも華やかなお祭りだ。

だがやはりと言うべきか、虎太郎の目的は縁起物や綺麗どころではない。

まだ大学生ということで、ゑびす神社の掲げる商売繁盛というご利益からも縁遠い。

虎太郎の目的は和菓子。ただ一つそれに尽きた。

わらび餅の屋台に気を取られつつ、まずはお参りをしようと本殿に向かう。

祭りばやしと人込みでにぎやかな境内でどうにか本殿にたどり着くと、ちょうど賽銭を投げる場所にどどんと巨大なマグロが一尾、その身を横たえていた。

これにはさすがに虎太郎も驚いて、あっと声が出そうになる。

これは招福まぐろ奉納といって、漁業の神である恵比須様にマグロをお供えするのだそうだ。

社務所の横では福笹の授与が行われており、その後ろでは巫女さんがくるくると神楽を舞っている。

そして参拝を済ませたところで、虎太郎は最大の目標である『かぎ甚』へと向かった。この『かぎ甚』では毎年九日から三日間、『えびす焼』という期間限定の和菓子が販売される。

販売は十日ゑびすの三日間と十月に行われる二十日ゑびすの二日間だけなので、それを買いに来た虎太郎にも気合が入るというものだ。

『かぎ甚』の前に設えられた屋台に近づくと、甘く香ばしいにおいが漂ってくる。

それだけで、虎太郎の期待はどんどんと膨らむばかりだ。

『えびす焼』は、まず平鍋と呼ばれる厚い銅板の上でカステラの生地を焼き、ふつふつと生地が泡立ってきたら餡子を乗せ、くるりとくるんで福耳のように生地を折り、最後に恵比須様の顔を焼き印したお菓子である。

その作業に見とれつつ、沢山は食べれないからと二つだけ購入した。竹皮を模した包み紙にくるまれた『えびす焼』は、まだほんのり温かい。

本当は家に帰って食べるつもりだったが、待ちきれず恵比須様の描かれた懸紙を外し、包みを開けた。

焼き印で押された恵比須様の顔はなんとも福々しい。

まさかこの時から九か月後に、その本人と遭遇することになるとは夢にも思わない虎太郎である。

口に入れると『えびす焼』はなんとも優しい味がした。素朴だがくせになる味で、二個と言わずさらに買い求めようかと悩む。

だが、あまりいくつも買い込むのも行儀が悪い気がして、虎太郎は残りの一つを鞄に入れ、大切に持ち帰ることにした。

こんな時、一緒に和菓子を食べて感動を分かち合える相手がいたらなと、思わずにはいられない。

胸に吹き付けるのは木枯らしではなく寂しさだ。楽し気に屋台を覗く家族連れに胸を痛め、そんな自分の弱さが嫌になる。

寒空の下、白い息を吐きながら虎太郎は十日ゑびすを後にした。

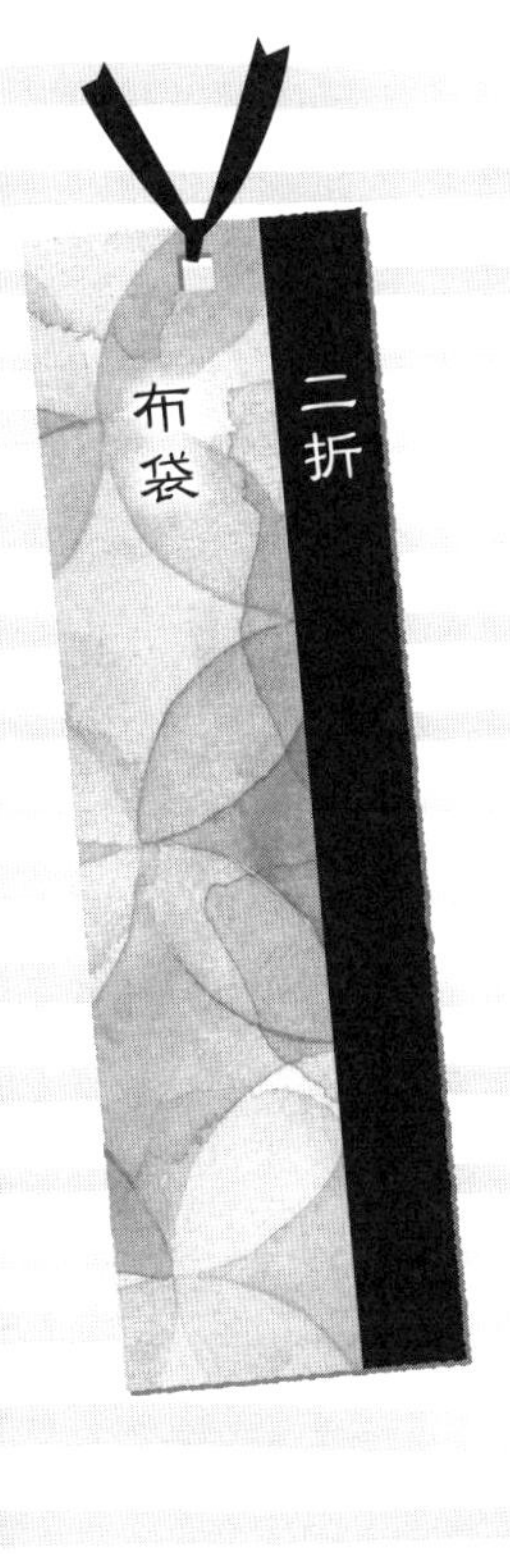
二折
布袋

波の音が聞こえた。

はじめはそれが、すごく心地よく感じられた。海なんてもう何年も行っていないのに懐かしいと感じるのは、生命が海から誕生したからなのだろうか。

ザザーン、ザザーン、寄せては返す。

だが、しばらくすると意識がしっかりしてきて、どうして波の音が聞こえるのだろうかと不思議に思った。

「ん……？」

目を開けると、れんげは砂浜に横たわっていた。生臭い磯のにおいが鼻につく。

上半身を持ち上げると、すぐ近くに虎太郎とクロがいることがわかった。二人とも意識がないようだ。

れんげは慌てて彼らに駆け寄った。

すぐに眠っているだけだと気づき、安堵(あんど)する。

それにしてもここはどこだろうか。れんげは奇妙に思った。自分たちは先ほどまで、ゑびす神社でお参りをしていたはずなのにと。

ちょうどその時、目が覚めたのか虎太郎が身じろぎをした。ゆるゆると体を起こした彼もまた、不思議そうに周囲を見回している。

「大丈夫？」

眼鏡を拭っている虎太郎に問いかけると、年の離れた恋人は目を瞬かせた。

「えーと、ここはどこでしょうか？」

れんげが虎太郎の問いに応える前に、大きな声が響き渡る。

『わぁぁ！　れんげ様、これはなんと大きな水たまりでしょうか！　それに地面もサラサラしておりますぞ』

初めて海を見たクロが、空中ではしゃぎ回っていた。

目を爛々と輝かせ、興奮のせいか口からは舌と一緒に炎が漏れている。

「ちょっと落ち着いて。クロは何か覚えてない？」

そう尋ねても、クロの興奮は留まるところを知らない。

あっちに行ったりこっちに行ったり、目に入るすべてがもの珍しいようである。

するとそこに、今度はその場に居る誰のものでもない声が響いた。

『みなさまご機嫌はいかがですかー？』

悠長な口調とは裏腹に、ものすごい勢いで鯛が飛び出してくる。

れんげはぎょっとして、すぐには返事ができなかった。

そして、鯛を見て思い出した。お参りの途中、自分たちは恵比須に捕まり盗人探しを依頼されていたのだ――と。

結局また妙なことに巻き込まれてしまったと、れんげは肩を落とした。

「恵比須様はどこなの？　こんなところに連れてきたってことは、まだ話してないことがあるんでしょ？」

　れんげの問いに、鯛は嬉しそうに尾びれを振って見せた。

『その通りです。ささ、どうぞこちらへ』

　どこかへ案内しようとする鯛に、れんげは待ったをかけた。

　なぜならクロはまだ無我夢中で砂浜を駆け回っており、虎太郎もまたぼんやりと海を見つめていたからだ。

「クロー！　ちょっとこっち来なさい」

　そう叫びながら、虎太郎の隣に並ぶ。なんとなくではあるが、れんげより上背のある虎太郎の肩が落ちている気がした。

「虎太郎？」

　心配になって問いかけると、虎太郎ははっとしたように言った。

「あ、れんげさん。すいません。ぼーっとしてしもて」

　虎太郎がぼんやりしているのはそう珍しい事ではないのだが、虎太郎の雰囲気がいつもとは違う気がして、れんげには気がかりだった。

「大丈夫？　体調でも悪いんじゃ……」

　神様の無茶苦茶に巻き込まれるのは虎太郎も初めてではないはずだが、体調に異変があるとすれば大ごとだ。

突然こんなところへ連れてきた恵比須に、今すぐ元の世界へ帰してくれるよう交渉しなくてはならない。

だが、虎太郎は心配するなと言いたげにゆるゆると首を振った。

「いえ、ちょっと懐かしなっただけです。俺の故郷（ふるさと）は、海が近いので」

そう言われて初めて、れんげは虎太郎についてあまりに何も知らない自分に愕然とした。

故郷がどこにあるのかすら、知らないのだ。

「それは……」

『さあさあこちらにいらっしゃいませ！　恵比須様がお待ちですよ』

かける言葉も見つけられずにいるれんげの言葉を遮るように、鯛はそう言うと自分の頭で体当たりするようにしてれんげたちを砂浜から陸の方へ誘導し始めた。

⛩　⛩　⛩

不思議なことに、海は水平線まで見渡せるのに、陸地の方は濃い霧がかかっていて見通すことができない。

ただ青々とした低木が、海岸線に沿うように点々と続いているのをかろうじて視認できた。

鯛に連れて行かれたのは、柴垣で周囲を囲った大きな屋敷だった。苔むした茅葺き屋根の下の板間に、角髪(みづら)を結ったどこか陰のある男が座っていた。よく見ると男には足がなく、腰から下には葦で織った荒い筵(むしろ)が掛けられていた。

どういうことか尋ねようと振り返ると、いつの間にか鯛は姿を消していた。

れんげたちが知らぬ相手のいる屋敷に上がることを躊躇(ちゅうちょ)していると――。

『何をしている。こちらへ参れ』

男は鷹揚(おうよう)な調子で言った。

「ええと、恵比須様はどちらに……」

鯛は、恵比須が待っていると言っていたはずだ。なのに待っていたのは角髪の男一人。こんなところまできて、尋ねる家を間違えただなんて洒落にもならない。

『だっはっは。これはすまなんだ』

そう言うと、男の輪郭がぼやけてたちまち恵比須の姿になった。

『ひゃっ』

驚いたクロが跳び上がる。

れんげにもその脚力があったなら、思わず跳び上がっていただろう。

だが恵比須はすぐさま、角髪の姿に戻ってしまった。そして屋敷の奥から、れんげたちを追い立てたはずの鯛が何食わぬ顔で出てくる。

『どうぞ上がられませ。こちらの食べ物を食べるとお二方は戻れなくなりますのでね、お構いもできませんがご容赦を』

鯛に急かされるようにして、れんげと虎太郎は板間に敷かれた筵の上に腰を下ろした。黒烏の屋敷が平安貴族のそれならば、恵比須の屋敷はさながら沿岸地方を治める豪族のそれのように思われた。板の間の隅には魚籠（びく）や縄が置かれ、屋敷のどこにいても潮のにおいがして、波の音が聞こえてくる。

『驚かせてすまんな。この屋敷にいる時はこの姿の方が落ち着くのでな』

角髪姿の恵比須は、気まずそうに短いひげを撫でていた。どうやら癖であるらしい。それにしても、れんげたちの知識にある恵比須とはあまりにもかけ離れた姿である。そして二人の戸惑いにも構わず、鯛はようやく本題だとばかりに釣り竿盗難事件の概要について語り始めたのだった。

鯛によると、釣り竿が無くなった日はこの屋敷に七福神の他の神々を招いて相談をしていたらしい。

何を相談していたかと言うと、神無月の留守を守る上での必要事項などについてだ。だがその仕事も、もう何百年と続けてきたことである。話し合いはすぐに終わり、あとは飲めや歌えの無礼講となった。

酒宴は三日三晩続き、ようやく解散となった後、鯛は釣り竿が無くなっていることに気づいたそうだ。相談の最中は釣り竿を手に持っていたらしいので、なくなったのは酒宴中で間違いないらしい。

「宴の間は釣り竿をどこに置いていたんですか？」

そう尋ねると、恵比須は部屋の隅にあった魚籠を指さした。

『あれだ。あの魚籠の中だ』

釣り竿自体は部屋の中にあったようだ。

そうなると当然、どうしても残りの七福神の神々が怪しいとなるわけで。

「他に参加した方はいらっしゃらないんですか？」

釣り竿の行方を捜すからには、可能性はすべて潰しておきたい。

『他は、それぞれの神様方の神使となります』

大黒天の鼠(ねずみ)、弁財天の蛇、毘沙門天(びしゃもんてん)の百足(むかで)、寿老人(じゅろうじん)の鹿、福禄寿(ふくろくじゅ)の鶴、そして布袋(ほてい)尊(そん)が連れていたという童子。

「童子って……子供？」

いかにもとばかりに、恵比須が頷く。

神とその神使であれば誰も盗みなどするとは思えないのだが、その中に子供がいたというのなら、悪意はなくとも釣り竿を持って帰ってしまうことはあるかもしれない。

だが、確証もないのでれんげはその考えを口にはしなかった。

恵比須は終始、もの静かで落ち着いた様子だった。

ゑびす神社で出会った時とは、明らかに様子が違うと感じた。見た目だけではなく、中身まで全く別物なのではという気がした。

「とにかく、他の七福神の方々と穏便に話ができるよう、取り計らって頂けますか？」

なにせ、今までどれほど厄介な思いをしたかしれない。

相手は七福神とはいえ、会って話をするのならば安全を保障してもらいたいというのがれんげの偽らざる本音であった。

すると恵比須が、思いもよらぬことを言い出した。

『分かった。では鯛をつけよう。これが居れば邪険にはされないはずだ』

『この鯛めが、立派にお役目を果たしてご覧に入れましょう！』

鯛は感極まった様子で、任せなさいとばかりに胸びれで己の鱗を叩いた。

れんげたちの視線が鯛に集中する。

釣竿を盗んだ犯人が見つかるまでこのおしゃべりな鯛と行動を共にするのかと思うと、正直なところ早くも疲労感を覚えるれんげであった。

おおよその聞き取りを終え、れんげと虎太郎、それにクロは現世に帰されることとなった。

　恵比須と別れ、鯛に見送られるとなった時、我慢しきれずといった様子で虎太郎が鯛に尋ねた。

「あの、さっきの恵比須様は本当に……ゑびす神社でお会いした恵比須様なのでしょうか？」

　虎太郎がそう尋ねたくなってしまったのも無理はない。

　それほどまでに、海に来る前と後で恵比須はあまりにも違っていた。

『ええ、ええ、正真正銘どちらも恵比須様でございますよ。あのお方は、二柱の権能が混ざっておられるのです』

「混ざって……？」

　だが、鯛がそれ以上恵比須について語ることはなかった。

　れんげと虎太郎は不思議に思いつつも、釣り竿に関係ある話ではなさそうだったので、それ以上追及しようとは思わなかった。

⛩ ⛩ ⛩

　翌日、れんげはクロと鯛を引き連れて、早速釣り竿を盗んだ犯人探しに向かうことになった。

仕事としての建前は例の民泊の目玉を探すための外回りということになっている。

犯人探しをするにあたって、まずは仕事の合間にすることになるからそう時間は取れないと鯛に説明した。

すると驚くべきことに、翌朝には村田から電話があり、外回りをしてくれと連絡があったのだ。

なんでも夢枕に恵比須様が立って、宣旨を受けたらしい。

普段から特別信心深いというわけでもない村田でも、商売繁盛の神に対しては従順だったということだ。

鯛に確認したところ、夜の間に恵比須に注進し、平日でもれんげが動けるよう手を回したらしい。これで存分に犯人探しができるだろうと、鯛は誇らしげだった。

しかしこの根回しを、れんげは素直に喜べない。

まだ仕事を覚えきれてもいない駆け出しの時期だ。それなのに神のお告げというよく分からない理由で通常業務が滞るのは抵抗感がある。

「勝手なことしないでよ」

一応不満を表明してはみたものの、鯛は何がいけないのかと不思議そうな様子だ。

唯一の救いは、れんげが現在職場にいてもいなくても大事ない存在だということだろうか。村田も、れんげがいなくても仕事が回るからこそ、お告げの言うとおりにする気になったのだろう。

だが、事実だとしてもそれはそれで忸怩たるものがある。

こうなったら、一刻でも早く釣り竿を盗んだ犯人を見つけ出し、職場に復帰するより他ない。

というよりも、犯人探しで各地を探し回るなら、ついでに町家事業の目玉探しだってできるんじゃないだろうか。れんげはやけくそに近い気持ちで考えた。

京都に来てから、神様という理屈の通じない相手に振り回されてばかりいる。

なので半年前よりも確実に、切り替えというか諦めが早くなったれんげだ。

だが、さすがに虎太郎は大学をそう都合よく休めないので、今日はれんげとクロ、それに鯛という一人と一匹、それに一尾体制である。

出かけるまでれんげを心配していた虎太郎だが、そんなことよりも卒論が終わっていないのにこちらの世話ばかりしようとする虎太郎の方が、れんげとしては心配になってしまう。

就職先が決まったのだから、れんげとしては社会人になる前の最後の時間を自由に謳歌してもらいたいのだ。

さて。釣り竿を盗んだ犯人を捜すため、れんげが最初に向かったのは宇治にある黄檗宗総本山萬福寺である。

　このお寺には、七福神の一人である布袋が祀られている。

れんげがどうして最初に布袋を選んだかと言うと、それは彼が童子――すなわち子供と一緒に宴に参加していたと聞いたからだ。

　京阪宇治線に乗って、最寄り駅である黄檗駅へと向かう。鯛は初めて電車に乗ったのかもの珍しそうにしていた。

『なるほど、これが〝でんしゃ〟というものなのですね』

『知ってるの？』

『参拝客が口にしているのを聞いたことがありますが、乗ったのは初めてです』

　鯛は勉強熱心だった。昨日の晩も、クロと一緒にテレビを見て色々と質問をぶつけてきた。初めはクロが相手にしていたのだが、クロも現代社会に対して知識豊富とは言えないので、結局れんげか虎太郎が答える羽目になった。

　恵比須と一緒にいる時は絶え間なくしゃべっている印象の鯛だが、れんげたちの家に来てからはそんなことはなかった。むしろ見たり聞いたりするものを全て吸収しようとしているかのように、黙ってこちらを観察していることが多い。

　今朝など、身支度をするれんげをじっと観察していたらしく鏡に映る縦長の顔に気づいて悲鳴をあげかけたほどだ。

「……思うままに動けぬ主のために、色々な話をして差し上げたいのです」

鯛は外の景色をじっと見つめながら言った。れんげは海辺の屋敷にいた角髪姿の恵比須を思い浮かべた。膝に掛けられた筵の膨らみは、上半身の大きさから考えると明らかに小さすぎた。

名乗られなければ、あの男性が恵比須だとは思いもしなかっただろう。

不覚にも、れんげは鯛の忠義心に感心していた。普段ああして口数が多いのも、きっと主を楽しませるためなのだろう。

だが、れんげの何気ない言葉に反応したのは、鯛よりもむしろクロの方だった。

『れんげ様、我は⁉　我も日々てれびを見て知識を高めておりますぞ！』

隙あらば褒めてほしいという圧が強いのはいつものことだ。

『はいはい。頑張ってる頑張ってる』

れんげがおざなりな返事をすると、クロは不満そうに鼻に皺を寄せた。

そして興奮したように尻尾を振りながら叫ぶ。

『釣り竿だって、近づけばこの鼻できっと見つけ出してみせますっ』

確かに狐の嗅覚は鋭い。正直なところ、探し物に関してはクロをあてにしている部分もあった。


『勉強熱心なのね』

「恵比寿様の匂いがしたら、真っ先に私に合図するのよ。下手に騒ぎ立てちゃだめだからね」

れんげはクロに釘を刺した。突然ここに釣り竿があると騒ぎ立てては、相手が誰であれ不興を買うと考えたからだ。

黄檗駅に着くと、京阪宇治線と並行して走るＪＲ奈良線の線路を越え、府道七号の広い道に出る。

そこからいかにも住宅地然とした細い道に入り、五分ほど歩いただろうか、れんげたちは萬福寺の総門前に到達した。

れんげは思わずため息をついた。

道路沿いに続く築地塀には格式を現す定規筋が入り、朱塗りの総門には厳めしい瓦屋根がのっている。

「鯱だわ」

思わずそう呟いてしまったのは、総門の上に四尾も鯱がのっていたからだ。だが鯱というには少し妙だった。本来胸びれがあるはずの部分に、なんと足が生えている。

不思議に思って見上げていると、そんなれんげに声をかけてくる者があった。

『あれは摩伽羅と言います』

聞き覚えのない声に、れんげは驚いて振り返った。

そこに立っていたのは、まだ五、六歳と思われる少年だった。おかっぱ頭を真ん中できっちりと分け、利発そうな顔をしている。

驚くことに、その子供は布を巻いただけの簡素な格好でそこに立っていた。季節は十月。残暑は完全に鳴りを潜め、秋も深まっている頃である。

れんげは最初、近所の子供がふざけてシーツを巻いて家を出てきてしまったのかもしれないと思った。

だが、そんな想像はすぐに覆される。

『契此(かいし)様の命により参上しました。ようこそ萬福寺へ』

そう言うと、手を合わせてお辞儀して見せた。その言葉遣いは大人びているのではなく、実際に大人であるような落ち着きがあった。

この時点で、れんげはこの子供が人間の子どもである可能性を捨てた。

『お出迎え感謝いたします。布袋様にお会いできますでしょうか?』

鯛が前に出て、折り目正しく挨拶をする。

少年はにこりと笑った。

『そのために参りました。どうぞこちらへ』

そしてれんげたちは、少年の後に続いて萬福寺の門をくぐったのだった。

『摩伽羅は元はワニだと言われています。天竺(てんじく)の川に住む女神を運ぶ動物だそうです』

少年は言った。

どうやら、先ほどの話の続きであるらしい。だから足があったのかと、れんげは納得した。

門から入ると、右手側は小さな池になっていた。看板によると放生池というらしい。

『この石は龍の鱗を表しているんですよ』

少年が示しているのは、足元の通路にはめ込まれた石だった。通路の真ん中に無数のひし形の敷石が、途切れることなく一直線に並べられている。道を龍だとするならば、なるほど確かに鱗に見えるかもしれない。

そうして境内を歩きながら案内されるうちに、れんげはこの子供が釣り竿を盗んだ犯人だとは思えなくなっていた。盗むとしても、釣り竿が欲しくなったからという安直な動機で盗んだりはしないだろう、と。

本当に幼い子どもだったら、目についた釣り竿を持ち帰ってしまうことも考えられた。実際にれんげは、釣り竿が無くなった話を知り、その場にいた神々の中で布袋が連れていたという子供が持ち帰ってしまったのではないかと考えて、ここにやってきた。

だが、目の前の少年の言動は完全に大人のそれである。

どうにも、釣り竿を持ち去った犯人探しは簡単にはいかなそうである。

れんげはそれを悟り、肩を落とすのだった。

⛩ ⛩ ⛩

『こちらです』

萬福寺の敷地は広く、今までに行ったことのあるお寺とは明らかに違っていた。

華美というわけではないのだが、広い敷地に点在する建物は台湾で見た廟を思い起こさせた。建材に残る鮮やかな朱色のせいかもしれない。

それもそのはずで、この寺は開祖である隠元禅師の時代の中国――明の時代の建築様式を色濃く残している。

隠元とは江戸時代に日本へやってきた中国の禅僧だ。隠元は多くのものを日本に持ち込んだ。隠元が語源となっているインゲン豆もその一つだ。

本来三年の逗留を予定していた隠元だったが、時の将軍家綱に引き留められ四百石の土地を贈られた。

そうしてできたのがこの黄檗山萬福寺なのである。

仏教の他の宗派が平安時代や鎌倉時代に日本にやってきたことを考えれば、黄檗宗は比較的近年になってから日本に取り入れられた。

そのため現在も、中国の雰囲気を色濃く残しているのである。

三門を越え天王殿までやってくると、そこにはゑびす神社と同じように都七福神の幟が何本も立てられていた。

やはりここに布袋が祀られているのは間違いないらしい。

天王殿の入り口は解放されていて、がらんとした空間が広がっていた。

床には鱗を表す正方形の石が綺麗に敷き詰められ、天井からは巨大な釣り灯篭と天蓋が釣り下げられている。

天蓋につけられた無数の鈴が、風にあおられシャンシャンと涼しい音を立てた。東西の壁が開け放たれているため、風がよく通る。

一方、天王殿の入り口に立った時点で、れんげとクロは言葉を失っていた。

――異容。

大変失礼なことに、最初にれんげの脳裏を過ったのはその二文字だった。

天王殿の中心に祀られていたのは、布袋だった。

でっぷりと突き出した大きなお腹。つるりと丸められた頭と笑みを形作る大きな口。右ひざを立てて優雅に座り、左手には大きな袋を手にしている。

身体は金色に輝き、弥勒菩薩の化身と言われるその姿は、仏像というにはあまりに生々しい。

『契此様。お客人をお連れしました』

契此と呼ばれた男は、鷹揚に頷いた。

契此とは、布袋の生前の名前である。彼は七福神の中で唯一、実在の人物がモデルとなっていた。

れんげはぎくりとした。

外にいる時は気づかなかったが、天王殿は中央の布袋を護るように、四方に厳めしい四天王の木像が配置されている。

とても、釣り竿を盗んだ犯人の話など持ち出せる雰囲気ではない。

その話をすれば自然と、布袋も容疑者の一人であると宣言してしまう形になるからだ。

れんげは圧しに負けて釣り竿探しを引き受けてしまった己を悔いた。

福の神と呼ばれる存在に疑いをかけ、その無実を証明していかなければならないのだ。

それは余りに不信心で、横暴な行いと言えた。今この瞬間にも、この場を叩き出されても文句は言えないのである。

『よくぞいらっしゃいました。ごゆるりと過ごされよ』

布袋は鷹揚だった。

どう話を切り出すべきかと、れんげは悩んだ。事情を説明すればどうしても、布袋も容疑者の一人であると示す形になってしまう。

だが、そんなれんげの心配などどこ吹く風で、鯛が来訪の目的を説明し始める。

『恵比須様の釣り竿が見つからず、大変難儀しております。布袋様は何かご存じないでしょうか?』

鯛は釣り竿が無くなったのは宴会の日だったことは言わず、あくまで困っているので助けてほしいと説明した。

『なるほど、恵比須の釣り竿が』

布袋はその豊満なお腹を撫でながら、何やら思案している様子だ。

顔は柔和なのだが、その表情から布袋の感情の動きを読み取ることは不可能だった。

中国の仏師によって彫られたこの布袋は、この寺に祀られた他の仏像と同じように彫りが深く異国人めいた顔をしている。

『おーいお前たち、ちょっと来ておくれ』

おもむろに、布袋は空中に呼びかけた。

するとどこからともなく、先ほどの少年と同じような格好をした幼い子供たちが集まってきた。

その数十七。先ほどの少年を合わせて総勢十八人となる。

年のころはほんの二、三歳だろう。先ほどの少年が一番年長のように見えた。

みな布袋に呼ばれたことが嬉しいのだろう。彼の大きな体にまとわりつき、楽しそうにしている。

布袋の顔ももちろん笑顔だ。

先ほどまで表情の読めない不気味な笑みに見えていたが、今は朗らかで慈悲深い神様に見えるから不思議だ。

布袋はおもむろに手元にあった大きな袋を開くと、その中をガサゴソとあさり始めた。れんげはクロに目をやる。だがクロは、残念そうに首を左右に振った。

しばらく待っていると布袋は袋の中から木の実のようなものを取り出し、それを一つずつ子供たちに配ったかと思うと、れんげ達にも手招きをした。

『ほら』

促(うなが)されるままに手を出すと、赤い木の実をころりと掌の上にのせられた。まるで幼い子供に接するような態度に、れんげは羞恥をおぼえた。

思えばれんげは長女ということもあって、いつでもしっかりするよう求められる人生だった気がする。

だから、こうして甘やかされることに慣れていないのだ。

「私は……」

辞退しようとして、何も言えなくなってしまった。

『子どもたちよ。恵比須の釣り竿について知っていることはないか？』

布袋の質問に、子供たちは顔を見合わせた。

そして口々に、

『知らなーい』

『知らないよ』

『それより遊ぼうよ。契此さま』

布袋の大きな手を、子供たちが引っ張って立たせようとする。

布袋はその大きなお腹を揺らして笑っている。

『そうかそうか。じゃあ後で遊ぼうな』

れんげは困惑していた。

とてもではないが、布袋やこの子どもたちのうちの誰かが釣り竿を持ち去った犯人とは思えない。

『すまんなぁ。どうやら儂では力になれんようだ』

申し訳なさそうに謝られると、こちらの方が謝りたくなってしまう。

『こちらこそ、突然お邪魔して無理を申しました。どうかご容赦くださいませ』

鯛が如才なく応え、そろそろお暇しようかという流れになった。

するとと布袋が気を効かせて、れんげたちを迎えに来てくれた少年に向かって言った。

『境内をご案内しておくれ。せっかく来たのだから、奥まで見物していくといい』

後半はれんげたちに向けて向けられた言葉だ。

鯛ともども、れんげは礼を言い天王殿を後にした。

⛩ ⛩ ⛩

天王殿の先は広い庭園になっていた。広い敷地に木が等間隔に植えられており、その合間にひし形の敷石を敷いた通路が伸びる。

庭園の中心に立つと、少年は右手にある建物を指さして言った。

『あちらが伽藍堂で華光大帝が祀られています』

実はこの華光大帝の像には、ちょっとした曰くがある。それは、長年関帝の像だと誤解され続けてきたことだ。

関帝とは『三国志』で有名な関羽その人である。商業の神として人気があり、中国だけでなくアジアの各地で祀られている。

赤い顔と長い髭、それに武将らしい厳めしい顔がトレードマークの神様で、目の前にいる華光大帝の像とは似ても似つかない。

　それなのに取り違えられてしまったのは悲劇としか言いようがなく、現在では華光大帝の像の前に新たに関帝の人形が設えられていたりする。

『その隣にあるのが斎堂で、食事をするところです』

　萬福寺は料理で有名な寺だ。隠元が持ち込んだ普茶という精進料理が有名で、鳥獣や魚の肉を使わずに、鰻や鴨を模した料理を大皿で出し、大勢でつつくのが作法だという。

『なんですかこれわぁ』

　クロが驚いて跳び上がっている。

　そこには、天井からつるされた巨大な魚の彫刻があった。丸い玉を咥えていて、胴体の部分に何度も打たれたらしいへこみがある。

『これは開梆と言って、叩いて時刻を知らせるのです』

『木魚の元になっているんですよ』

　なぜか途中から、鯛が話を引き継ぎ誇らしげに言った。同じ魚ということで、同類を誇っている感覚なのだろうか。

　確かに言われてみれば、お寺で見かける木魚には魚の要素が見当たらない。

　だがこれが原型だというのなら、〝木魚〟という名前も納得である。

さらに少年の案内によると、左手にあるのは祖師堂、目の前が本堂である大雄寶殿だそうだ。この大雄寶殿が圧巻で、中央にある釈迦如来坐像をぐるりと取り囲むようにして十八羅漢像が並べられている。十八羅漢とはお釈迦様の十八人の弟子のことなのだが、この像は一つ一つにかなり特徴があり、巻物を読んでいたり瓶から龍を呼び出していたりする。中でも目を引くのは羅睺羅尊者の像で、驚くことに胸を開き中の仏の顔を見せているのだ。これには仏像に疎いれんげでも、思わず見入ってしまった。

そんなこんなで観光としては良かったのだが、結局布袋の話を聞いただけでは釣竿の行方は分からなかった。

帰りしな、れんげは少年に礼を言った。

「案内してくれてありがとう」

『いえ、お役に立ててよかったです』

そう言いつつも、少年の表情はなぜかすぐれない。

「どうしたの？」

思わずそう尋ねたものの、少年はなんでもないというふうに首を左右に振った。

れんげたちは少年と別れ、萬福寺を後にする。駅へ続く細い道を歩いていると、鯛が大きなため息をついた。

『布袋様の袋ならば、大きさも重さも問わず持ち運びできますからな。或いはと思ったのですが……』

鯛が残念そうに言う。

役に立とうと意気込んでいたクロも、項垂れていた。

『あの袋から、恵比須様の匂いはしませんでした』

「仕方ないわ。でも、布袋様が犯人ではないとわかったんだから、それでいいじゃない。気持ちを切り替えて、残りの七福神に会いに行けばいいのよ」

それに——とれんげは思った。

確かに釣り竿探しに進展はなかったが、萬福寺に行って観光や歴史の学びができたのは自分にとってはプラスだと思った。

例えば萬福寺で提供される普茶料理は、ヴィーガンや宗教的な理由で特定の食材を食べられないような外国人観光客にウケがよさそうだ。予約が必要なのでその場で食べることはできなかったが、案内の写真を見るに料理の種類も豊富でかなり食べ応えがありそうだと感じた。

今まで神様に振り回されて行った先で、こんな感想を抱くことはなかった。就職したことで自分の中で京都への向き合い方が変化したのだろう。

『あの！』

そんなことを考えながら歩いていると、後ろから呼び止められる声に驚いて振り返る。
そこには、先ほどの少年が困ったような顔で立っていた。
『おや、どうなされましたか？』
鯛が尋ねる。
それでもしばし黙り込んでいた少年だったが、やがて意を決したように口を開いた。
『実は、見たのです』
「ええと……」
なんのことだろうか。そう問い返す前に、少年は勢いよく言った。
『寿老人様があの日、恵比須様の釣り竿を手にしているのを……』
この言葉に、れんげたちは思わず顔を見合わせたのだった。

虎太郎の甘味日記　～たい焼き編～

鯛が家にやってきた。

通常ならば異常事態だが、虎太郎は異形の者が我が家にやってくることに最近すっかり慣れていた。

一年前のさびしい一人暮らしを考えれば、信じられないような賑やかさである。

さて、鯛が我が家にやってきたということで、虎太郎はあるものが食べたくなった。一度思いついたら、我慢できなくなってしまった。

それは何かというと、中に餡子がぎっしり詰まったたい焼きである。

本当は、れんげの釣り竿探しを手伝うべきだとわかっていた。わかっていたが、どうしても大学に行かねばならない用事があった。

就職が決まっても、自由の身ということにはならない。なぜなら論文を書かねばならないからだ。論文を書かねば、卒業できない。卒業できなければ、せっかく決まった就職もだめになってしまう。

れんげには、釣り竿探しのことは気にせず論文に集中するように言われている。

言われているというか、ちょっと怒られた。大事な時なのだから、こちらにばかりかまけていなくていいというのが彼女の論旨だ。

ならば論文の方に集中しなければと思うのだが、どうしてもたい焼きが食べたくなってしまった。

それもただのたい焼きではない。

テレビで紹介していた、賞味期限一分のたい焼きというやつである。

そういうわけで、講義を終えた虎太郎は電車に乗って錦市場（にしきいちば）にまで来ていた。観光客でにぎわう通りに、その店はある。

宇治抹茶を販売する『錦一葉（にしきいちは）』と、創業百年を超える『石田老舗（いしだろうほ）』が運営する『まめものとたい焼き』がコラボした店舗だ。

ここのたい焼きは、昔からあるたい焼きとは型が違い、真ん丸な形をしている。その鯛は〝ま〟〝め〟や〝い〟〝ち〟といったひらがなを刻印した玉のようなものを持っていて、写真映えする。

そして何より、件の賞味期限一分を売りにしているのが、看板商品のあんバターたい焼きである。

あつあつのたい焼きにバターを挟むので、時間が経つと溶けて味が変わってしまう。

これが賞味期限一分の真相というわけだ。

「あんバター一つと、こしあんチョコ四つお願いします」

虎太郎はそのあんバター味を一つと、れんげたちへのお土産にするため錦市場店限定のこしあんチョコ味を買って帰ることにした。

その場で食べられるようにと用意されたイートインスペースで、焼き立てのあんバターたい焼きを頬張る。

メレンゲによって膨らませた生地はふわふわとしており、甘い餡子に溶けたバターの塩気が相まってなんともおいしい。

そもそも焼きたてのたい焼きならそれだけでおいしいのに、さらにバターを挟むなんて贅沢すぎるというものだ。

これを同居人たちにも食べさせたいが、残念ながら持ち帰る頃には冷めて脂っぽくなってしまいそうだ。

虎太郎はなんとも背徳的な気持ちを味わいつつ、一人であつあつもちもちのたい焼きを堪能した。

朝から働かせた脳みそに、糖分を供給する感覚は癖になる。

あっという間に一分が過ぎ、バターはとろけてすっかり柔らかくなってしまった。

それが生地と餡子にしみ込んで、さらに味が濃厚になる。

至福のひと時だ。

すっかり食べ終えてしまうと、虎太郎はお土産のたい焼きを抱えて帰宅の途に就いたのだった。

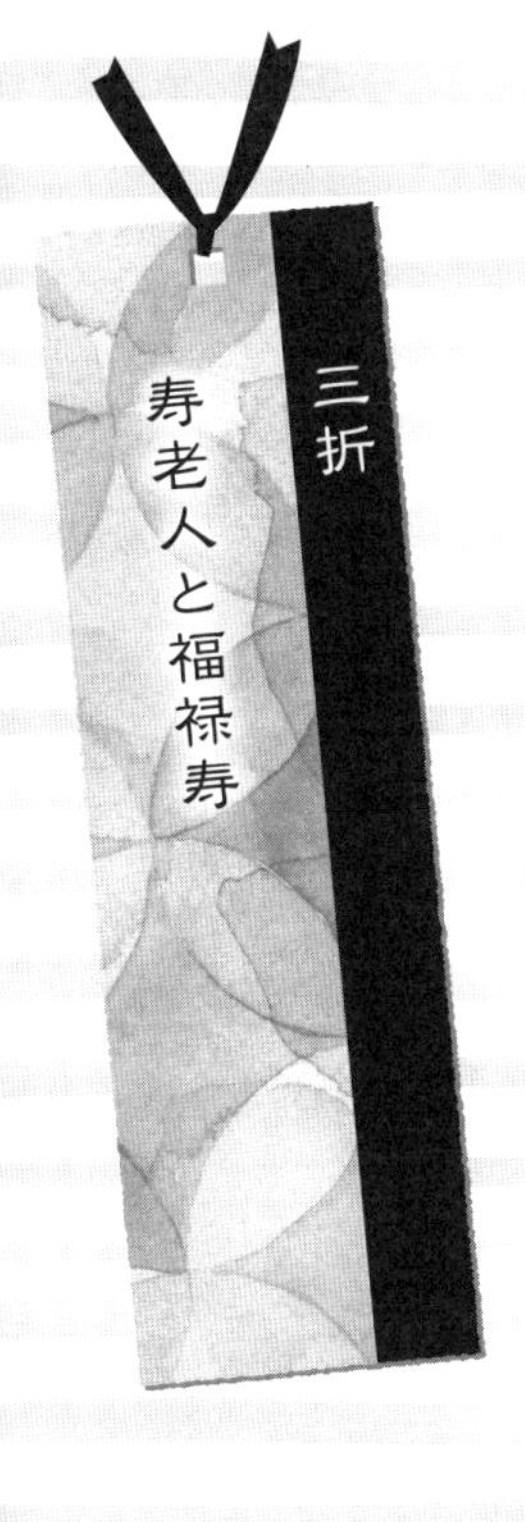
三折
寿老人と福禄寿

南極星、と呼ばれる星がある。

りゅうこつ座α星。シリウスの次に明るいカノープス。現在では天の南極とのズレが出てしまっているが、古来より南の位置を把握するのに役立っていた。

それだけでなく、この星は古代中国において大変重要な意味を持っていた。

北半球にある中国では、この星はめったに見られない。ゆえに大変おめでたい星と定義されており、史記にはこの星が現れると天下泰平となり、現れなければ兵乱になるとの記述がある。

ゆえに時の皇帝たちは、太平の世を願い、寿星とも老人星とも呼ばれるこの星が自らの治世に現れるようにと祭祀を行った。

宋代以降、南極星は神格化されて寿老人と呼ばれるようになる。

だが正直なところ、この神様はあまり日本人に馴染みがない。恵比須や布袋と比べると知名度や人気の面でどうしても劣る。日本全国見渡してみても、寿老人を単体で祀っている神社はほとんどない。

ではどこに行けばいいのかと鯛に問うと、竹屋町通が寺町通に突き当たる行願寺に行けばいいと言う。

縁起によれば、今から約千年前の一〇〇四年、子を孕(はら)んだ母鹿を射止めたことを悔いた行円上人(ぎょうえんしょうにん)が、その鹿を憐れみ常にその皮を纏ったことから皮聖(かわひじり)と呼ばれ、この行願寺は革堂と呼ばれるようになった。

この敷地の中に、寿老人を祀る寿老人神堂がひっそりと存在している。豊臣秀吉が寄贈した寿老人の像を祀っているという。だがどうして寿老人だったのかということは判然としない。

鹿を連れている寿老人と、鹿の皮を被っていたという上人の来歴が混合されたのか、随分と奇妙な符号ではある。

だが来歴を調べたところで、分かるのは人間の都合だけだ。

神様の都合というやつは、実際に話を聞いてみないと分からない。

そういうわけで、れんげは早速革堂に向かった。

布袋の使いである少年は、寿老人が恵比須の釣り竿を持っているところを見たという。

もし寿老人が釣り竿を持っていったというのなら、その目的はなんなのか。

無事に事が済んでくれればいいがと、れんげは危惧していた。神社仏閣に行くたびに警戒してしまうのは、今までの特殊な経験ゆえだろう。

門をくぐると、立派な枝ぶりの松の近くにプランターで花が育てられていたり、随分アットホームなお寺だと感じた。平日だからか観光客の姿はなく、街中だというのに驚くほど静かだ。地面に並んだたくさんの蓮の鉢を、縫うように進む。季節が終わっているので、残念ながら花は咲いていなかった。

　本堂には珍しいもみじの寺紋が入った提灯が下げられている。

『ひぃぃ』

　その時突然、鯛が情けない声を上げた。

　見ると、空中を泳ぐ鯛の下にたくさんの野良猫が集まっている。実はこの革堂、猫寺と呼ばれるほどに猫が多い。

　野良猫たちは来客に慣れているのか、れんげを見ても逃げる様子はなくただ鯛のひれが興味を誘うのかはたまた食欲がそそられるのか、とにかく前足を伸ばしたりジャンプしたりと、大人気である。

　さすが動物というか、この猫たちには鯛の姿が見えるのだなとれんげは感心してしまった。

『見てないで助けてくださいぃ！　あぁかじられるっ』

　鯛は悲痛な声をあげ、逃げ惑うように空中を飛び回る。その動きが猫じゃらしのようにさらに猫たちを煽っていることに気づかない。

　なにせクロまで、楽しそうにその動きを鼻先で追っているのだ。

　浮かんでいるのだから大丈夫なのではと思うのだが、鯛にしてみれば冷静になれる状況ではないらしい。

『あひ！　かじらないでぇぇ』

もはや鯛はパニック状態だ。

追い払おうにも猫たちはれんげが近づこうがびくともしない。とはいえ、猫に怒鳴るようなことはしたくない。

どうしようかと思案していると、そんなれんげたちに声をかけてくる者がいた。

『騒がしいのう』

れんげは一瞬、寺の関係者がやってきたのかと思った。もちろん人間の、だ。

だが、すぐに騒がしくしているのは鯛なので、普通の人間にはその声など聞こえるはずがないことに気がついた。

振り返るとやはり、鹿に跨る小柄な老人がそこにはいた。

老人は長い杖を持ち、杖の柄に巻物をぶら下げている。鯛の騒ぎに辟易としているのか、何やら胡乱そうにこちらを見ていた。

鹿の登場に驚いた猫たちが、弾かれたように逃げていく。

ようやく落ち着いた鯛は、やけに疲れた様子で老人の前に進み出た。

『お助けいただきありがとうございます寿老人様。鯛でございます』

そう自己紹介するものの、老人は思い当たる節がないようで首を捻っている。

『寿星様。恵比須様のところの神使様ですよ』

そこに助け船を出したのは、寿老人を乗せていた鹿だった。

『おう、そうかそうか。それでその鯛がなんの用じゃ?』

寿老人に尋ねられ、鯛は布袋にそうしたのと同じような説明をした。恵比須の釣り竿が無くなってしまったので、何か心当たりはないかということ。

だが驚いたことに、寿老人は話の途中でこっくりこっくりと舟をこぎ始めたのだ。

あきれるより前に、鹿に乗ったまま器用なものだと感心してしまう。

『聞いておられますか?』

さすがにこれには鯛も困っている様子だ。

「ええと、そちらの鹿……さんは何か思い当たることはありませんか?」

れんげは鹿の方に尋ねることにした。一瞬言いよどんでしまったのは、鹿に敬称をつけるべきか悩んだせいだ。

鹿は長いまつ毛をぱしぱしと瞬かせた。

そのつぶらな瞳には、知性の光が宿っている。

『ええと、そちらの人間はどなたですか? それに狐もいますね』

鹿は質問に答えるのではなく、口をもごもごと動かすとそう質問してきた。どうやられんげとクロの存在が気になるようだった。

『こちらは小薄れんげ様と伏見の狐のクロ様です。釣り竿の行方を探すに当たり協力をお願いしました』

『ああ、こちらがあの』

鯛が説明すると、鹿が得心したように小さくうなずいた。

そんなに知れ渡っているのかと、れんげは暗澹たる気持ちになった。

「待ってください。どうして知ってらっしゃるんですか？」

思わず尋ねると、鹿も鯛もなんだ今更という顔をした。動物の表情は分からないが、なんとなくそんな雰囲気だった。

『それはまあ、有名ですよ。色々と』

色々とはなんなのか。れんげは激しく問い詰めたい気持ちになった。

『おお！　われわれは有名人らしいですよれんげ様！　時の人というやつですねっ』

ご機嫌なクロが、ぶんぶんと尻尾を振っている。

何がいいものか。言い返そうとして、れんげは言葉を飲みこんだ。

こんなことをしていては一向に話が進まない。早く釣り竿を探し出し、一刻も早く通常業務に戻るのだ。

れんげは寿老人が眠っているのをいいことに、鹿に揺さぶりをかけることにした。

「実は、寿老人様が恵比須様の釣り竿を持っているところを、見たという方がいるのですが」

そう言うと、鹿は考え込むかのように首を傾げた。

『儂ではない。さては福禄寿の差し金か？』

そう答えたのは鹿ではなかった。眠っていると思っていた寿老人が鋭い目でこちらを睨みつけている。

「どういうことですか？」

れんげは戸惑っていた。思ってもみない相手から返事が返ってきたことはもちろん、ここで新たな神の名前が出てくるとは思っていなかったのだ。

『ふん。あやつはいつも儂を目の敵にしおる。あやつ儂に罪をかぶせようとしているに違いない』

どうやら寿老人が怒っているのは、彼を疑うような態度を取ったれんげではなく、ここにはいない福禄寿に対してのようだった。

寿老人を乗せた鹿は、また始まったとばかりにため息をつく。

『気にしないでください。福禄寿様のことになるといつもこうなのです。まったくしようがない』

「その、福禄寿様がどうしてそんなことをなさると思うのですか？」

七福神と言えば、七柱の神様が宝船に乗って仲良く笑いあっている様子が思い浮かぶ。まさかこうも仲が悪いとは思わず、れんげとクロは戸惑っていた。

鯛は知っていたのか、なんでもない顔をしている。

『何を。あやつは己こそ老人星などと言いよる。この儂をさしおいて、じゃ！』

「え？」

『えーと、今の世ではなんと言うんだったか――ああ、そうそう。南極星のことですよ。寿老人様も福禄寿様も、どちらも元は南極星という星だったのです。それがいつからか人の形を模した神となり、さらには別々の名で呼ばれ二柱に別たれました。それがこの極東の国でなんの因果か七福神という同じ集まりに入れられたのでね、気づけばいつもいがみ合っているのですよ。あちらの方が認知度があるものだから余計に』

『ばっかもん！　それでも儂の神使か』

冷淡な口調で説明する鹿に対して、寿老人はぴょんと鹿の背から飛び降りたかと思うと、真っ赤になって地団駄を踏んだ。

鹿は慣れているのか、寿老人の怒りなどどこ吹く風だ。

なんとそのままお尻を向けて、寿老人を置いて去って行ってしまったのだ。

これにはれんげたちだけでなく、寿老人も慌てていた。

『待て！　待たんか！』

そう叫びながら、鹿を追いかけていく。だが体が小さいので、なかなか追いつくことができない。

そんなやり取りに唖然としている間に、寿老人も鹿も去って行ってしまった。

残されたれんげたちは困惑した。布袋の使いである少年は確かに寿老人が釣り竿を持っているところを見たと言っていたが、さっきの寿老人の反応を見ると本当に彼が持ち去ったかどうかは微妙なところだ。

そして寿老人が犯人ではないとしたら、今度は寿老人が釣り竿を持っているところを見たという証言をした少年の方が怪しくなってくる。

こうなったら変な先入観は持たないようにして、七福神全員と会うしかないのかもしれない。

れんげの胸中に、諦めにも似た思いが湧いてきた。

「とにかく、次はその福禄寿様に話を聞きに行きましょう」

なんだかやけにどっと疲れたような心地がして、れんげは半ば投げやりになってそう言ったのだった。

⛩ ⛩ ⛩

福禄寿が祀られているという赤山禅院（せきざんぜんいん）だが、れんげはその日のうちに行くことを諦めた。それは、れんげが思うよりも市街地から離れた場所だったからだ。

なにせそもそもは比叡山延暦寺の塔中である。つまり比叡山の裾野にあり、山道というほどではないが、この日のれんげはスカート姿。もっと動きやすい服装で行くべきなのは明らかである。

なので早めに帰宅して、その日は珍しく料理をすることにした。

あまり料理が得意な方ではないが、虎太郎にばかり任せているのはさすがに気がとがめる。今は仕事といっても釣り竿探しをしているような状態であるし、時間には余裕がある。

それに、れんげには珍しく作ってみたい料理があった。

それは萬福寺の案内に載っていた普茶料理である。あの後仕事に役立つかもしれないと調べてみたところ、普茶というのは普く大衆と茶を供にするという意味であると知った。上座や下座の別なく、同じ食卓を囲んで和気藹々と過ごすことを目的にしているのだと。

その理念に、れんげは感じるものがあった。

そもそも前の恋人とも、食事を別々に取るようになって心が急速に離れていった気がする。

そういうわけで、久しぶりの料理にチャレンジしようと思った――のだが。

「ごめんなさい！」

三時間後、れんげは帰ってきた虎太郎に頭を下げていた。

狭い流しには、底が焦げたアルミ鍋がお酢に漬け置きされている。

「まあまあれんげさん。その気持ちだけで充分嬉しいですから」

そう、れんげの久々に料理大作戦は見事に失敗に終わったのである。鍋まで焦がしてしまい、自分の家庭的な能力のなさに深い後悔を味わった。

「でも……」

落ち込むれんげの手を、虎太郎がそっと握る。ちなみにその指には、何枚も絆創膏が巻かれて痛々しい。

「ほんまに、嬉しいです。だからそんな顔せんとってください」

心配そうに顔を覗き込まれる。どうやらよほど情けない顔を晒しているらしい。

『煙がもくもく出て、れんげ様はとても慌てていたのです。あんなれんげ様初めて見ました』

その時クロはといえば、自分も驚いて尻尾を膨らませていた。

「それに……」

そう言うと、虎太郎は小鉢に盛られたそれに目をやった。

「ちゃんと完成してるやないですか」

小鉢の中には、不格好に剥かれた里芋が焦げ茶色になって鎮座していた。少し焦げている部分もある。

「やっ、それは私が責任をもって食べるから！　だから虎太郎は、お願いだから別のものを……」

「食べるに決まってます。せっかくれんげさんが作ってくれはったんやから」

そう言って、箸を手に取りと止める間もなく口に放り込んでしまう。

れんげは思わず涙目になった。こんなに情けない気持ちになったのは、恋人に家を追い出された時以来かもしれない。

虎太郎は少し怪訝な顔をしたものの、二個三個と里芋を次々に口に放り込んでしまった。

このままでは失敗作を全て押しつけることになってしまう。

れんげは慌てて自分も箸を取り、味見していなかった里芋を口の中に入れた。

時間が経っているので火傷するようなことはなかったが、しびれるような甘さに砂糖の分量が間違っていたことを知った。だからこそレシピ通りの時間でやったはずなのに、焦げやすくなってしまったのだろう。

煮物なのに、焦げているからか口の中に苦みが広がった。

本当に情けない。

だが、そんな煮物でも虎太郎は嬉しそうに口に運んでいる。

それを見ていたら、普茶料理の言う一緒にお皿を囲むということの意義が、少しだけ分かった気がした。

⛩ ⛩ ⛩

翌日、れんげはパンツルックにスニーカーで、赤山禅院へと向かった。

早めに家を出たのは、今日中にもう一か所、大黒天が祀られる妙円寺へ行こうと思ったからだ。こちらも赤山禅院からそう遠くない場所にあり、同日に行く方が時間の節約になるだろうと考えた。

もっとも、福禄寿のところで釣り竿が見つかれば、それに越したことはないのだが。

赤山禅院は、後水尾天皇によって造営された修学院離宮のほど近くにある。

叡山本線の修学院駅で降りたれんげたちは、そのまま赤山禅院への道を歩き始めた。

地図アプリによると到着には二十分以上かかるとのことだ。タクシーを使うか迷ったが、せっかく動きやすい服装で来たのだからと歩くことにした。

駅からしばらくは、家々が密集した住宅地が続く。道はしっかりと舗装されていて歩きやすいのだが、比叡山方面に向かっているため道は緩く傾斜している場所が多かった。空は良く晴れていて、民家に植えられているのか時折金木犀の香りがした。

こんな状況でなければ、とてもいいハイキング日和だ。

途中の空き地には、季節だからかコスモスが群生していた。そうして歩いていると気分がよくなってきて、せっかくなので修学院離宮の前を経由していこうという気になった。修学院離宮の敷地は広大で、五四万平方メートルにもおよぶ。その敷地のほとんどが畑を含めた里山の風景を模したものであり、離宮と言うにはあまりに牧歌的だ。だが残念ながら、敷地の外からだと高い生垣に覆われていて、中を窺い知ることはできなかった。

面白かったのは、途中の民家の軒先で鶴首かぼちゃや海老芋(えびいも)などの珍しい野菜が売られていたことだろうか。品物と貯金箱を置いてあるだけの簡素な無人販売所だ。面白いなと思いつつ、前日に里芋の煮物を失敗したばかりのれんげには、恐ろしくて購入することができなかった。

曲がりくねった住宅地を抜けて、ようやく赤山禅院の鳥居の前にたどり着く。といっても、鳥居からしばらくはゆるやかな坂道を登っていくだけだ。やがて住宅地が途切れると、鬱蒼(うっそう)とした雑木林にたどり着いた。紅葉にはまだ早いが、木々は赤から緑のグラデーションを見せていた。秋が深まれば、さぞ美しいに違いない。

そんな森の中に、「天台宗修験道總本山官領所」と書かれた立派な山門が鎮座していた。

砂利の敷き詰められた参道は苔むした石垣に挟まれ、緑に覆われていた。そこに都七福神と書かれた幟がはためく。

やはりここにも、七福神の神がいるのだ。山の清々しい空気を感じながらさらに歩いていくと、ようやく本堂にたどり着いた。境内は綺麗に掃き清められ、静謐な空気が流れている。

赤山禅院に祀られているのは、中国の赤山から勧請された泰山府君だ。

かつて遣唐使として唐を訪れた円仁は、なかなか唐の国内を旅する許可が下りず、沿岸部で立ち往生となった。

そこで救いの手を差し伸べたのが、揚州沿岸部に居住していた新羅系の人々であった。円仁は実に八か月もの間、新羅僧の修行場である赤山法華院に滞在した。その後九年もの長きにわたり中国国内を旅し、多くの経典を書写して帰国。

赤山の山神である赤山大明神に大変深く感謝しそれを祀る禅院を建立しようとしたが、生前にはそれが叶わなかった。その後円仁の遺志を継いだ弟子がこの地に赤山大明神を建立し、現在に至るのである。

だからこそ、延暦寺の別院であるにもかかわらず鳥居などの神社の建築様式が見られ、さらにご神体は道教の神というかなり変わったお寺なのである。

同時に、この赤山禅院は過酷なことで知られる千日回峰行の拠点でもある。千日回峰行は天台宗の中で最も厳しい修行として知られ、およそ七年の歳月を要する。最後の二年間は毎日比叡山からこの赤山禅院まで降り、赤山大明神に花を供えるのだ。途中諦めるような事態になった時のため、常に懐に自害のための短刀を持ち歩くという苛烈さである。

境内に流れるある種の静謐さ。歴代の修行僧たちも苦しみの中でこの景色を見たのかと思うと、自然と敬虔な気持ちが生まれてくる。

福禄寿が祀られているのは奥にある福禄寿堂だが、れんげはまずこの赤山大明神が祀られた拝殿を参拝した。

面白いことに、拝殿の上には金網に囲まれた猿の像がある。なぜ金網に囲まれているかというと、夜ごと抜け出して悪さをするというので閉じ込められてしまったのだそうだ。

高台まで来たからか、境内の楓（かえで）は赤く色づいている葉も多い。紅葉の名所だと言うが、さもありなん。

竹が風に吹かれてカタカタと乾いた音を立てた。

途中驚いたのは、ここにも弁財天が祀られていることだ。

扁額には出世弁財天とある。

「ここで弁財天様にも会えるんじゃない？」

思わずそう尋ねると、鯛は慌ててれんげの目の前まで迫ってきた。

『こんな場所でそんなこと言わないでください！』

何がまずかったというのか。鯛の慌てぶりに、れんげとクロは首を傾げた。

だがすぐに、その言葉の意味を知ることになる。

『ならば弁財天のところへ行けばよかろう』

決して怒鳴りつけるわけではない。だが冷ややかな声が、れんげの耳に届いた。

だが、辺りを見回しても姿がない。

自分には見えない相手なのだろうか。

『どこですか？』

困惑したクロが宙に問う。

『ここじゃ』

その返答と同時に、ばさばさという鳥が羽ばたくような音が聞こえてきた。

れんげは以前鞍馬山で遭遇した天狗を思い出し、思わず身構えた。

だが上空からやってきたのは、白い羽を持つ鶴だった。だが、明らかに喋ったのは鶴ではなさそうだ。

なぜなら鶴は、細い足に荷物を抱えて苦しそうな様子だった。

そして鶴が足に掴んでいる荷物こそ、れんげたちの探し人で間違いなかった。長い額に白い髭。

鶴に抱えられた福禄寿が、驚くことに頭上から登場した瞬間だった。

『ふ、福禄寿様』

鶴が苦し気に喘ぐ。

『も……もう降ろしてもようございますか？』

どうやら、鶴が望んで福禄寿を抱えているわけではないようだ。というか、福禄寿の方から命じたらしい。

だが、どうしてこんなことをしているのか。

『ええい意気地のないやつめ』

福禄寿と呼ばれた老人は、短い手足をばたつかせた。

その大きさは、寿老人と同じくらいでおおよそ子供と変わらない。ついでに言うと、手足をばたつかせて鶴を困らせる姿も、幼子のようである。

これにはさすがのれんげも、面食らってしまった。

そうしているうちについに限界を迎えてしまったらしく、よろよろと鶴が地面まで下りてきた。

『おい！　誰が下りろと言った』

『もう限界でございますよ～』

鶴が憐れみを誘う高い声で鳴き、とうとう着地した。

『なんじゃ。久しぶりにギャルが来たからかっこよく空から登場したというのに、お前のせいで台無しではないか』

福禄寿は手にしていた杖の先で鶴を突いた。鶴は、どうだ可哀相だろうと言いたげにこちらの様子をうかがっている。

なんだこの茶番劇は。

れんげはここにやってきた目的も忘れて、唖然としていた。

『〝ぎゃる〟とはなんですか？　れんげ様』

クロが無垢な目をして尋ねてくるが、ひどい脱力感を覚えてしばらく返事をすることすらできなかった。

このままではいつ本題に入れるか分からないと焦ったのだろう。鯛が無理やりにでも収拾をつけるべく大声で言った。

『福禄寿様！　御自らお出迎えいただき恐悦至極に存じます』

今までに会ってきた神々への挨拶と比べて、やけに腰が低い。いや、鯛に腰はないので比喩だが。

『ふむぅ。まあギャルを連れてきたのは褒めてやる。ちとばかり薹が立っておるがな』

それはまさか自分のことかと、れんげは怒りを覚えた。だが次に襲ってきたのは、猛烈な脱力感だった。

確かに自分は〝ギャル〟とやらではないし、そう見られるくらいなら薹が立っていると思われた方がましだ。

ここで大声を出したところで自分が疲れるだけで、神という途方もない時間を生きる存在の認識を変えることができるとも思わない。

強いて言うなら、こんなふうに考えられるようになっただけ、自分は様々な神と出会ってきたのかもしれないとれんげは思った。

『全く。そんなことを言ってこのお姉さんが怒って帰ってしまわれたらどうするんですか？　今はコンプライアンスが求められる時代なんですよ』

いつの間に回復したのか、鶴が己の体を羽根で払いながら言った。

元気そうなので、やはり先ほどの困り果てた様子は演技だったようだ。

『こん、〝こんぷらいあんす〟？』

そしてやはりというか、クロは首を傾げるばかりだ。

彼らと話すのは、クロの教育上あまり好ましくないかもしれない。

そんなことを考え始めてしまうほど、れんげは現実逃避に走っていた。

すると話に加わらずにいたれんげの元に福禄寿がとことこ歩いてきて、れんげの太ももを撫でようとした。

鳥肌が立ち、思わず後退る。

「な、何を……！」

『残念。減るものでなし、触らせてくれてもいいではないか。贅沢を言えば袴なのはいただけんの。裙子でよかろう裙子で』

心の底から、昨日の格好のままで来なくてよかったと思った。

スカートで来てこの老人を喜ばせていたかと思うと、想像だけで虫唾が走る。

れんげのいた会社はセクハラに厳しく、またれんげの実家は親戚付き合いをほぼしないので、彼女はこういったセクハラに対する免疫がほぼ皆無なのだった。

いくら神様が相手だろうが我慢の限界で、れんげは思わず福禄寿を突き飛ばした。

「何すんのよ！」

すると、福禄寿はわざとらしくその場に倒れこみ、よよよと泣き真似を始めた。

『老い先短いじじぃになんてことするんじゃ〜。骨が折れたらどうするんじゃ』

いっそ本当に骨を折ってやりたいと、一瞬本気で思ってしまったれんげである。

大体神様なのだから、老い先短いも何もないだろう。この先千年だって、老人の姿のままのはずだ。

『たとえ神であろうとも、れんげ様に害なす者は容赦しませぬぞ！』

一方クロはといえば、訳が分からないなりにれんげの怒りを悟り、炎を吐いて臨戦態勢に入った。

　これには福禄寿も驚いたのか、地面に座ったままずりずりと後退りだ。

　ここに険悪な空気を打破しようと、鯛が慌てて仲裁に飛んできた。

『ま、まあまあお二方とも落ち着きなさいませ。福禄寿様。今日は用があって参ったのです。どうかこの哀れな鯛の話をお聞きいただけませんでしょうか？』

『う、うむ』

　というわけで、やっと本題に入ることができたのだった。

⛩ ⛩ ⛩

『なるほど。恵比須の釣り竿がなぁ』

　長い煙管（きせる）をくゆらせながら、福禄寿がぼんやりとした口調で言った。

　ただ座っていればありがたい神様に見える。先ほどまでの暴走が嘘のようだ。

　口から炎を溢れさせ睨みつけるクロのことを気にするように、ちらちらと様子をうかがっていなければ——だが。

『残念ながら、儂は何も知らんぞ』

　恵比須の釣り竿が無くなったこと。寿老人が疑われ、その当人は福禄寿のせいだと証言したこと。

それらを伝えてみても、福禄寿の反応はなんとも鈍いものだった。

『寿老人はとにかく儂が気に入らんのじゃ。あれの言うことは聞くだけ疲れるというものじゃぞ。本気にすると馬鹿を見る』

確かに寿老人は福禄寿が怪しいようなことを言っていたが、それは寿老人が福禄寿憎しで言っていたことなので信憑性に乏しかった。

だが、それだと布袋の神使である童子の証言がおかしいということになる。

件の少年は、口調も丁寧でれんげたちにも礼儀正しく接してくれた。寿老人や福禄寿と比べると少年の方を信じたくなってしまうのが人情というものだ。

だというのに、どちらの老人も嘘を言っているようには見えない。

れんげは頭を抱えたくなった。

恵比須から依頼を受けて事情を聴き歩いてこれで三柱目。依然として、釣り竿のありかに繋がるような具体的な証言は皆無と言っていい。

『あの日はそうさなぁ』

遠い目をした福禄寿は、物思いにふけるように白い煙を吐き出した。

『恵比須が秘蔵の酒とやらを出してきたんで、みなよう飲んだことまでは覚えているのだが』

そう言って福禄寿は大きな額を掻いた。

神様の秘蔵のお酒というのなら、それはそれはおいしいに違いない。

釣り竿の行方よりも、そちらの方が気になってしまうのは酒好きの性（さが）か。

『釣り竿は分からんが、あの日は……そうだ。毘沙門天の奴と弁財天がそりゃあ盛大に喧嘩をしてな。それを酒の肴に飲んだわけよ』

「喧嘩？」

これまた物騒な話である。

昔から笑顔で仲良く宝船に乗っているイメージのある七福神だが、こうして話を聞いていると誰もかれもいがみ合っているような気すらしてくる。

『そうとも。毘沙門天は自分にも他人にも厳しい性格だから、弁財天とは根本的に合わんのじゃ。普段は揉め事にならんようそれぞれの神使がなだめるんじゃが、あの日は酒が入っていたのもあって、抑えが効かなかったのであろう。それはもう凄い喧嘩でな、毘沙門天は戦の神だが、弁財天も負けてはおらん。刀で打ち合うわ鉄輪（かなわ）を投げるわで、それはもうとんでもない騒ぎになっての』

福禄寿はなんでもない口調で言うが、もしそれが本当だとしたら喧嘩どころの騒ぎではない。

だが、鯛は福禄寿の言葉をしみじみと肯定する。

『あれは大変でございました。百足も蛇も見ていて可哀相なほどでした』

百足と蛇は、確かそれぞれ毘沙門天と弁財天の神使だったはずだ。己の主がそんな殺し合いじみた喧嘩などしたら、確かに焦るに違いない。

「待って。そんな話は聞いてない。それなら宴会をしたあの屋敷にも被害が出たんじゃない？」

思わずれんげはその話に割って入った。

『いかにも。あやつらも外でやればよいのに、全く我慢がきかんでのう。ふぉっふぉっふぉっ』

そう言って、福禄寿は白く長いあごひげを撫でながら愉快そうに笑う。

『ですがいつものことといえばいつものこと。我らも慣れておりますので、二柱を引き離した後にすぐさま屋敷を整えました。ええ、ええ。結局百足さんが足を失うことも、蛇さんが尻尾を失うこともなかったのですから、いつもよりはましだったと言えるでしょう』

鯛は何度も頷きながら言うが、ならば普段は周りに被害が及ぶことも大いにあるということか。

途端に、れんげはその二神に会うのが嫌になった。

恵比須からの依頼を果たすには七福神全員と会わねばと覚悟したばかりだというの

に、早くもその決意が折れてしまいそうである。

「そんな騒ぎがあったのなら、その時釣り竿も一緒に壊れたりどこかに紛れた可能性もあるんじゃないの？」

今までは誰かが持ち去ったという仮定の上で話を聞いていたが、壊れたり偶然紛失したということであれば前提からして違ってくる。

れんげが尋ねると、鯛は考え込むように胸びれで宙をかいた。

『ええと、どう説明すればよろしいでしょう……』

れんげの推測を否定したのは、意外なことに福禄寿の方だった。

『ギャルよ。それはないぞ』

きちんと名乗っていないのだから仕方ないのかもしれないが、この年になってギャルと呼ばれるのはなかなかに嫌なものだ。

『恵比須の釣り竿というのは、人間が使うようなただの道具ではないのだ。あれは海神としてのあやつの象徴。やつを恵比須と定義付けるものでもある』

それが、どうして紛失しないという話に繋がるのか、れんげは首を傾げた。

『そうさな。ちょっと見ておれ』

そう言うと、福禄寿は己が手にしていた杖をおもむろに雑木林に放り投げてしまった。杖はすぐさま下草に紛れてしまって、一見しただけではどこにあるか分からない。

これには、れんげも驚いて言葉を失くした。

「一体何を……」

『まあ待て、落ち着け』

そう言うと、福禄寿は空になった手を宙に掲げた。

すると驚いたことに、その手の中に一瞬にして杖が現れた。まるで手品だ。

クロは驚いたように目を瞬かせているし、れんげも目の前の出来事に驚き、そして困惑していた。

『いいか？　儂らの持つ道具はこのように、ただの物質的な道具ではない。神としての我らの一部。そもそも、失くすなどということがあるはずがないのだ』

『その通りです。ですから小薄様方にご協力をお願いした次第で』

鯛が焦ったように言う。

『だからまあ、恵比須から釣り竿を奪うことができるというならよっぽどの力を持ったやつよ。神か……あるいは神使か。いずれにせよ、それを人間のギャルがどうにかできるのか？』

「それは……」

福禄寿の説明に、れんげは一層困惑する羽目になった。もちろんれんげ自身、どうにかできるなんて思っていない。

言いよどむれんげを見て、福禄寿は小さなため息をついた。

『まあ、儂が言えるのはこれくらいかの。それよりもなんじゃ、儂と遊んでいかんか？』

そしてまたも、軽薄な態度に戻ってしまった福禄寿である。

れんげはうんざりして、この場を去ることに決めた。

今日中に大黒天も訪ねる予定なので、のんびりはしていられない。礼を言って赤山禅院を去ろうとした。

すると――。

『つれないのう』

そう言って、またしても福禄寿が飛びついて来ようとした。二度目なのでなんとかかわすことができたが、れんげは本能的な拒否感に悲鳴を上げた。

「ひっ」

すかさずクロが福禄寿の首根っこを咥え、遠くに放り投げる。

『福禄寿様～』

鶴が悲鳴を上げながら、放り投げられた老人のもとに飛んでいった。

『帰りましょうれんげ様！』

クロはすっかり腹を立ててしまい、早くここから去ろうとばかりにれんげや鯛を追い立てる。

『また来いよ～』

全く反省していない様子の福禄寿が、鶴に助け起こされながら手を振っていた。

散々な目に遭ったと思いながら、赤山禅院を後にしたのだった。

虎太郎の甘味日記　～果朋編～

これはまだ、れんげと虎太郎が恵比須に出会う前のこと。

虎太郎が珍しくＪＲ山陰本線を使ったのは、どうしても行ってみたいお店があったからだった。

降り立ったのは二条駅(にじょう)。現在の地図で見ると市街地の西に寄っている感があるが、ロータリーを抜けるとすぐに千本通(せんぼんどおり)だ。この道はかつて朱雀大路(すざくおおじ)と呼ばれ、平安京の目抜き通りだった。

そのまままっすぐに、御池通りを東に歩いていく。大体四百メートルほどだろうか。目的の店には、すぐにたどり着くことができた。そもそも駅からまっすぐの道では、そうそう迷いようがない。

白地に紺色の紋が染め抜かれた暖簾。

外観は古い町家をそのまま利用しているが、道路沿いはガラス張りになっておりその向こうの格子から店内の様子をうかがうことができた。

『果朋（かほう）』はまだ、オープンからそれほど経っていない新しいお店だ。

最近、この店の和菓子をSNSで見かけることが増えた。いわゆる『映（ば）える』というやつだろう。

新旧共に和菓子に目がない虎太郎は、どうしてもその味を確かめずにはおられなかったというわけだ。

店内に入ると、通りから光がよく入るからか町家にありがちな薄暗い雰囲気は皆無だった。

細長い鰻（うなぎ）の寝床の店内に、奥にはやはりガラスが張られ坪庭が見えている。

そして、白木の長いカウンターの上にはたくさんの創作和菓子が並んでいた。

伝統的な意匠の生菓子に始まり、可愛らしいハート形の練り切りは白ワイン餡やブラッドオレンジ&クワントロー餡など、虎太郎には考えつかないような組み合わせと味でできている。

そして虎太郎のお目当ては、瓶詰めになったみたらし団子だ。

これはみたらし餡の入った瓶に、串団子が縦に刺さっているのだが、上の層にはきなこがたっぷり詰まっていて、おいしそうだし見た目がとても面白い。

目的の菓子はすぐ見つかったものの、虎太郎はそこに並ぶ魅力的な和菓子の数々にすっかり目移りしていた。

みかんやいちごなどのフルーツ大福に、小豆がぎっしり詰まったきんつば。通常はカステラのような形をしている浮島も、ここでは餡を挟んだマカロンの形をしている。

中でも、一番虎太郎の目を引いたのは栗きんとん餅だ。だがただの栗きんとんではない。わっぱ状の丸い器に羽二重餅が敷き詰められ、その上からたっぷりとそぼろ状の栗餡が振りかけられている。それがあまりにも大量すぎて、一見しただけでは餅が入っているとは分からないだろう。真ん中には、存在感のある大きな渋皮栗の甘納豆が一粒。はっきり言って、モンブランのホールケーキにしか見えない。

もし一人暮らしだったら、食べきれないと諦めていたことだろう。

それほどまでにボリュームがあり、賞味期限が冷蔵で三日となると、一人でぎりぎり食べられるかどうかという量だ。

しばらくして店から出てきた虎太郎が、重そうな紙袋を持って今にもとろけそうな顔をしていたことは説明するまでもないだろう。

四折 大黒天と弁財天

事態を整理してみよう。

一人目の布袋には心当たりがなく、それに付き従う童子が寿老人ではと言った。それで寿老人のところへ赴くと、今度は福禄寿が盗んで自分に罪をかぶせようとしていると言い出した。ならばと福禄寿のところに向かったのだが、この老人はセクハラをするばかりで釣り竿の行方は何も知らないという。

大黒天が祀られる妙円寺に向かって歩きながら、れんげはうんうんと唸っていた。釣り竿捜索のためにあちこち歩き回っているのに、ちっとも真相に近づいている気がしない。

その時ふと、歩きにくさを感じて目を下にやった。パンツのポケットに、何かが押し込まれているのだ。

だが自分では、そんなものを入れた記憶はなかった。ハンカチは持っているが、今はそれも鞄の中だ。

不思議に思い引っ張り出してみると、何やら木綿を縫い合わせた粗末な袋の中に、赤い塊が入っていた。布越しに触れてみるとほろりと崩れる。

「これは……土？」

恐る恐る鼻を近づけてみると、土の匂いがする。

れんげは首を捻った。どう見ても、間違えて家から持ってきた類のものではない。

先ほどまでこんなものはなかったので、おそらく福禄寿が飛びついてこようとした時に押し込まれたと考えるのが妥当だろう。

だが、こんなものを渡された理由には見当がつかない。

捨てるわけにもいかず、れんげはその袋を鞄に仕舞い込んだ。

「さて、次は……」

次に向かうのは、大黒天が祀られる妙円寺。通称松ヶ崎(まつがさき)大黒天だ。

松ヶ崎山という山がある。この山は毎年八月十六日になると、有名な五山の送り火が行われる。西山に『妙』、東山に『法』の字が浮かび上がり、夏の夜を彩る。

妙円寺が位置しているのは、その東山の中腹。

れんげは高野川(たかのがわ)にかかる松ヶ崎橋を渡った。この辺りまで来るといわゆる洛外(らくがい)に定義され、京都の北の山々がかなり近くに感じられる。

北山通りを西に向かって歩いていると、途中に松ヶ崎大黒天と書かれた看板が現れた。

看板に従い、枝分かれした道を右に進むと、ようやく松ヶ崎大黒天の鳥居が現れた。

ここにたどり着くまでに、かなりの距離を歩いていた。タクシーを使えばよかったと、れんげは少しだけ後悔していた。

そこからさらに住宅街の細い道を延々歩くことになったのだからなおさらだ。

足に疲れを覚え始めた頃、ようやく『都七福神』と書かれた色とりどりの幟が現れた。どうやら無事たどり着けたらしい。

妙円寺へ向かう参道の途中、白雲稲荷神社と書かれた石碑と立派な鳥居があった。稲荷があるということは、大黒天にも自分の噂とやらが伝わっているのではないかと、れんげは危惧した。

そもそも恵比須の釣り竿を探すことになったのも、ゑびす神社に合祀されている稲荷経由で、れんげが便利屋であるかのように伝わっていたせいなのだから。

知られて困るようなことはないが、方々で妙な誤解をされている気がして不安が拭えないのだ。

石の敷かれた参道を歩いていくと、道の突き当りに黒い大黒様が祀られていた。その右にある鳥居から先に進むと、松ヶ崎大黒天と書かれた門があった。

しめ縄の下げられた門をくぐると、本殿の目の前に「なで大黒」と書かれた石像が置かれていた。二つの俵の上に立ち、右には小槌、左には大きな袋を手にしている。

その顔はとても優しげでいかにも慈悲深く見えるのだが、大黒天の来歴は慈悲深さとは程遠いところにある。

ちなみに本尊の大黒天は最澄の作と言われ、六十日に一度甲子の日のみ開帳される。れんげが訪れた日も、当然一般公開はされていなかった。

鯛が、少し緊張した様子でれんげたちの前に進み出た。鯛に表情があるかは微妙だが、この数日一緒に過ごしたれんげにはそう感じられたのだ。

『大黒天様。恵比須様の使いで参りました。どうか尊き御身をお示しください』

厳かな口調で鯛が言う。

今までの神々に対する態度とは明らかに違う様子に、知らず知らずれんげの体にも力が入った。クロもごくりと息を呑んで、興奮したように尻尾を立てている。

現れたのは、石像とは似ても似つかない神だった。

まず、今まで出会った他の七福神は皆小柄だったというのに、大黒天だけはれんげが見上げるほど大きい。おそらく二メートルを超えている。これだけでも驚きだというのに、肌の色は漆黒。四本の手には三叉戟(さんさげき)、棒、輪、索(さく)といった武器が握られている。額には第三の目があり、その顔は憤怒に燃えていた。

さすがにこれには、唖然とするよりほかない。

れんげが想像する大黒天からは、最も遠いところにある姿だ。

クロもさすがに驚いたと見えて、立てていた尻尾がいつの間にか後ろ足の間に挟まっていた。

ふと見ると、そんな姿を持つ大黒天の肩に、ちょこんと白い鼠が乗っている。

『うむ。恵比須のところの鯛ではないか。先日の宴、大儀であったぞ』

大黒天は目を見開き怒りの形相なのだが、その口調は予想外に落ち着いていた。

『もったいないお言葉です。本日は、お尋ねしたい儀があり、まかり越しました』

鯛はこれ以上ないほど、相手に気を遣っている様子だった。やはりそれほどに恐ろしい相手なのかと、れんげは緊張した。

その時、大黒天の肩に乗っていた鼠がジャンプして、驚いたことにれんげの頭の上に着地した。

驚きのあまり、れんげは声を出すこともできなかった。

『な！　何するでありますか。我ですられんげ様の頭の上に乗るのは遠慮しているというのに！』

クロがとっさに怒りの声を上げる。

だが鼠は我関せずという様子で、するするとれんげの肩まで下りてきた。

肩に鼠が乗るというのは初体験だが、近くで見ると真っ白でとても賢そうな顔をしていた。

『ごめんなさい。驚かせてしまいましたね』

そう口にしたのは、ほかならぬ鼠だ。

ここまでくると、もう驚く気も失せる。そもそも鯛も喋っていたのだし、逆に意思が通じる相手だと分かってほっとしたほどだ。

『それは大丈夫だけど……』

自分は大丈夫だが、主である大黒天はどう思うのか。

れんげはとっさに、大黒天を見上げてその顔色を窺った。だが彫りの深い顔は目を見開いて怒りの形相で固まっており、それが変化することはないのだった。

『すまんな。それの好きにさせてやってくれ』

さらには、怒るどころか謝られてしまったのである。

れんげは福禄寿との会話を思い出し、大黒天は怒っているからこの顔をしているのではなく、こういう神だと定義されているのではないかと考えた。

おそらくだが、そこに本人の感情は関係ないのだ。

「あの……」

今更だが自己紹介すべきだと思い、れんげは口を開いた。

だが、大黒天はすぐさま左右に首を振る。

『知っている。狐を連れた娘。荼枳尼(だきに)の子孫』

そして大黒天は、何か言いたげにじっとれんげのことを見下ろす。

その場に気まずい沈黙が流れた。

『そちらの小薄れんげ様にご協力いただき、失くなってしまった恵比須様の釣り竿を探しております。大黒天様の知恵をお借りできますでしょうか？』

鯛がとりなすように言う。

だが相変わらず、大黒天は黙ったままだ。

するとその沈黙に臆することなく、肩に乗った鼠がぴしゃりと言った。

『大黒天様。この方は荼枳尼ではありませんよ。じろじろ見るのは失礼です』

「荼枳尼ってまさか……」

夏の頃のころ、その荼枳尼天が宇迦之御魂神と偽り現れたことで、れんげもクロも大いに振り回された事件はまだ記憶に新しい。荼枳尼天に騙されたクロを取り戻すのに大変な苦労をし、その上虎太郎はれんげを庇って暴漢に刺され、入院までする羽目になったのだ。

れんげにしてみれば、そんなものの子孫だと思われるのは大いに心外なのである。

「あんなのと一緒にしないで」

とっさに叫んでしまったのも、仕方のないことかもしれない。

だが同時に、先ほどからじろじろとこちらを見下ろしてくる大黒天の態度にも納得がいった。

つまり彼は、れんげが荼枳尼天のような悪意を持っているのではないかと警戒しているのだ。

一方で、その大黒天の使いである鼠はれんげを庇ってくれているらしい。

『小薄様。どうかお怒りにならないでください。大黒天様は天竺の地で荼枳尼を調伏し配下としました。今は特に、大陸からやってきた時の側面が強くなっているのです。だからこそ、れんげ様を警戒せずにはいられないのでしょう』

「大陸から？」

鼠の説明に、れんげは首を傾げた。

『そうです。あちらの石像を見てください』

そう言って鼠が小さな指で指示したのは、本堂の前にあるなで大黒だった。

『普段はあの石像のごとく温和なお方なのですが、今は神無月。大黒天様の大国主命としての側面は出雲に行っておられます。こちらに残っているのは、大陸から日本に来た頃と同じ、破壊神としての特性が色濃く残るお姿なのです』

鼠が言うには、中国から伝来した時の大黒天はこの姿であり、日本に来てから恵比須の父である大国主命と習合して、小槌を手に持つ平和的な福の神に生まれ変わったとのことだった。

恵比須の説明通りならば、十月の神無月には国つ神の神々が出雲に集まるという。大国主命はその代表格なのだから、恵比須のように留守番という訳にはいかなかったのだろう。

なので大黒天は、大国主命と日本に来たばかりの頃の神の側面に分裂し、ここに残っているのは福の神になる前の大黒天というわけだ。

そもそも仏教に取り入れられる前の大黒天は、インドで信仰されるシヴァと呼ばれる神だった。

シヴァは破壊と再生を司(つかさど)る。人を救う一方で、死を与えることもある恐ろしき神だ。

そのシヴァとしての側面が強く出ていると言われれば、なるほど恐ろしげな姿にも納得がいく。

れんげにとってはなんともややこしいことだが、鼠がこちらに対して同情的なのは僥倖(ぎょうこう)と言っていいだろう。

『ふむ……確かに見たところ、荼枳尼とは異なるようだ……。だがしかし、ただびとが神々の願いを叶えることなどできようか。神は神、人は人である。人は神が作りしもの。神を越えることなどできようはずもない』

大黒天はと言えば、れんげが荼枳尼ではないと理解したものの、未だに納得がいかないとばかりに腕を組んでいた。

れんげ自身、自分が神様の願いを叶えることができるなんて微塵も思っていない。

全ての原因は、各地に建立された稲荷神社を通じて、れんげの妙な噂が広まっていることだろう。

具体的にどんな噂が流れているのかは分からないが、鯛の言い分を聞くに、どうやらなんでも屋のように捉えられているようである。

この七福神の一件が片付いたら、絶対に白菊か黒烏に会って、断固抗議しなければならない。

れんげはそんな決意を新たにするのだった。

「おっしゃる通り、私はただの人間です。確かに狐――そこにいるクロを連れてますが、特別な力なんてちっともありません。過大評価されるのは迷惑です」

荼枳尼と同一視された怒りもあって、れんげははっきり迷惑だと断言してしまった。

これには鯛も驚いたようで、不安そうに大黒天の顔色を窺いつつ、れんげの周りを周回する。

『それよりも大黒天様。恵比須様の釣り竿が無くなったというのは一大事です。先日歓待いただいたご恩もありますし、ご協力して差し上げては？』

どうやらこの鼠は、今まで会ってきた神使の中で最も話が分かる相手のようだ。

今まで話の通じない相手ばかりだったので、れんげはその鼠を思わず抱きしめたくなった。

『どうか平にお願い申し上げます』

鼠の援護射撃を受けて、鯛がお辞儀するように何度も頭を上下させた。赤い尾びれがせわしなく揺れ動く。

『ふむ。だが我は釣り竿の行方を知らぬ。大国主ならいざ知らず、今の我は探し物も不得手よ。よってその鼠を貸し与えよう。細々とよく気がつくやつだ。お前たちのよき力となるだろう』

この答えに、鯛とれんげは顔を見合わせた。

当の鼠はといえば、あらまあとばかりに鼻をひくひくさせている。

『れ、れんげ様の神使は我だけです』

クロが、鼠に負けじと涙目になって主張してくる。

結局その日は他になんの成果も得られず、れんげは狐（クロ）と鼠と鯛を引き連れて、桃太郎のように帰宅する羽目になったのだった。

⛩ ⛩ ⛩

「鼠、ですか……」

れんげが鯛に続いて鼠を連れ帰ると、さすがの虎太郎も驚いたようだった。

とはいえれんげは、既に赤ん坊を連れ帰った前科持ちである。ちゃぶ台に上った鼠が器用にお辞儀をすると、虎太郎も慌ててお辞儀を返していた。

『お邪魔いたしております。大黒天様にお仕えしております鼠でございます。以後お見知りおきを』

『あ、ああ！　これはご丁寧に』

ちなみに、鼠には一応虎太郎が帰ってくる前に洗面器でお風呂に入ってもらった。神の使いなので現世の汚れなどと無縁だとは思うのだが、そこは気分の問題というやつだ。

虎太郎が用意した夕食を全員で囲んだ後、れんげと虎太郎は釣り竿の捜査状況について情報を共有することにした。食後のお茶と、虎太郎が買ってきてくれたたい焼きがデザートだ。

ちなみに狐と鼠と鯛の三点セットは、テレビに夢中になっている。

とりあえず、れんげは今まで行った先で出会った神様について思いつくままに話した。布袋の神使の少年が、寿老人が釣り竿を持っているところを見たと証言したこと。だが寿老人は身に覚えがなく、福禄寿が自分に罪をかぶせようとしていると言い張ったこと。そして福禄寿によれば、恵比須が体の一部である釣り竿をなくすというのは妙だということ。

改めて話すことで、れんげの中でも現在の状況を整理することができた。

最後に今日会った大黒天からあらぬ疑いをかけられたことと、鼠が行動を共にすることになったいきさつを話し、れんげの報告はようやく終わった。

れんげが少し冷めたお茶で喉を潤していると、虎太郎が腕組みをしながら唸った。

「どうしたの？」

そんなに考え込むような話をしただろうか。

れんげは首を傾げた。

「なんか……妙やないですか？」

虎太郎の問いに、れんげは改めて今喋った話を反芻してみた。だが、まず恵比須から釣り竿探しを依頼されたこと自体、妙と言えば妙な話だ。なので虎太郎が何を言いたいのか、この時点でれんげは全く理解できていなかった。

ここ数日立て続けに個性豊かな神々と遭遇したことで、れんげ自身冷静な判断力を失っていたのかもしれない。

「妙って、何が？」

「その福禄寿さんのしたことが本当なら、釣り竿がどこにあってもえべっさんは取り戻すことができるんじゃないですか？」

れんげは福禄寿が放った杖が瞬く間に彼の手の中に戻った光景を思い浮かべた。

確かに、福禄寿の杖が恵比須にとっての釣り竿であるならば、恵比須にも同じことができてしかるべきだ。

だが、福禄寿は一応その疑問に対する答えを用意していた。

「だから、神様ならあるいは盗むことができるかもしれないって――」

「それです。つまり、えべっさんから釣り竿を隠しおおせるような力の持ち主じゃなければ、盗むのは不可能ってことですよね？　そんな相手を人間に探させようなんて、無謀じゃありませんか？」

確かに、虎太郎の言う通りだ。例えば自分が恵比須だったとして、大切な釣り竿が無くなり犯人は自分と同等かそれ以上の力の持ち主だと確信している場合、人間に頼ろうとは間違ってても思わないだろう。

例えば他の七福神を頼ってもいいはずだ。でなければ鯛に命じて一任してもよかっただろう。実際、神々を訪ねた先でれんげができたことはほとんどない。

せいぜい、鯛と一緒になって話を聞くくらいのものだ。

れんげは少し黙った後、テレビに夢中になっていた鯛を呼び寄せて言った。

「ねえ、恵比須様に、あの人間は役立たずでしたって報告してもらえる？」

『な！　何を言い出すんですか』

れんげの発言に、鯛は驚いたようにその場で宙返りした。

「だって、実際問題役に立ててないじゃない。特別な力があるわけでもないし、七福神のうちの誰かが嘘をついてたとしても見抜けない。なのに、私がついていく意味ってある？」

それは、いままでうすうす感じつつも口にせずにきたことだった。

今れんげがしているのは、鯛の案内する場所に行って話を聞くことだけ。釣り竿の場所が感じ取れるわけでもないし、正直なところ自分が役に立っているという実感が全くない。

今日会った大黒天など、れんげが稲荷とかかわりがあるからと警戒していたほどだ。ならば最初から、鯛だけで釣り竿を探した方が効率的なのではないか。

そもそもれんげだって、好き好んで釣り竿探しに協力していたわけではない。頼まれて断れなかっただけだ。

困っている恵比須を助けたいという思いはあるが、同時にこれ以上不用意に神々と関わり合いになりたくないという思いがある。

それは、彼らが決してやさしいだけの存在ではなく、時に恐ろしくそして人の理（ことわり）の通じない相手であると知っているからだ。

被害がれんげだけで済めばまだいいが、一緒に暮らす虎太郎にまた被害があったらと思うと、どうしても恐ろしくなってしまうのである。

『い……意味があるかないかではありません。一緒に来ていただかねば困るのですっ』

鯛は今にも泣きそうな顔で言った。鯛に涙腺など存在しないだろうが。

「だからどうして……」

『わたくしだけであの方々の許へ赴けというのですか⁉　そんな殺生な！』

どうやら鯛も、他の七福神のことを少なからず畏れている様子だ。つまりこの魚は、一尾で釣り竿を探すのが恐ろしくなんだかんだ理由をつけてれんげを巻き添えにしたということらしい。だとすれば、初めて会った時の饒舌さにも納得がいく。

結局埒が明かないし、残りの神は二柱のみなので釣り竿探しは続行ということになった。

ここで話はお開き――となりかけたところで、れんげはあることを思い出した。

それは布袋から渡された木の実と、おそらく福禄寿に押し付けられたと思われる袋に入った赤い土だ。

手に入れた経緯をかいつまんで説明しつつ鞄からそれらの物を取り出すと、虎太郎がその木の実をつまみながら言った。

「これ、椋の実とちゃいますか？」

「椋の実？」

「ええ。子供の頃食べましたよ。通学路に椋の木があって」

懐かしそうに、虎太郎はうっすらと口元を緩めた。

残念ながら、れんげの通学路にはそのようなものはなかった。通学路にコンビニはあったものの、買い食いに関しては学校の方針で禁止されていた。

だが、そんな和やかな雰囲気も一瞬だった。

「それにしても、椋の実と赤土って……」

何かに思い当たったように、再び虎太郎が考え込んでしまったのだ。

「どうしたの？」

そう尋ねても、確実じゃないからと虎太郎は教えたがらない。

「とりあえず、この二つ――は肌身離さず持ち歩くようにしてください。鼠君も、常にれんげさんに付き添ってあげてほしい」

驚いたことに、虎太郎は今日会ったばかりの鼠を存外信用しているようだった。

これにショックを受けたのはクロだ。

『虎太郎殿！　クロは？　クロではそのお役目にあたらないと⁉』

可哀相に、クロは涙目になっていた。

「あ……えっと、そういうわけやないんやけど……」

なんとも気まずそうにしつつも、虎太郎が前言を撤回することはなかった。

なんだかおかしいと思いつつ逆らう理由もないので、れんげは虎太郎の忠告を素直に受け入れることにした。

⛩ ⛩ ⛩

翌日、れんげは筋肉痛になりながらも、弁財天が祀られる六波羅蜜寺に向かった。六波羅蜜寺といえば、京都ゑびす神社のほど近くだ。もしこんなことになると知っていたら、あの日のうちに向かっておくべきだったと後悔した。

そもそもれんげとしては、早く釣り竿を見つけて通常の仕事に戻りたいのである。だから休み休み探すわけにもいかず、たとえ筋肉痛だろうが出かけなければならない。もっとも、そんなれんげの事情を鯛は好都合だと感じるようで、今日も張り切って案内の先陣を切っている。

昨夜この鯛がれんげの要望に頷いてさえいればと、少し恨みがましい気持ちが湧かないでもない。

昨日仲間に加わった鼠はといえば、今はれんげの肩の上に乗っている。神使なので飛ぶこともできるらしいが、それだとはぐれてしまうかもしれないのでこの形で落ち着いた。

もっともクロはといえば、今日もそんな鼠を恨めしそうに見ている。実際の狐は鼠を食べるので、クロの発する不穏な様子に鼠は冷や汗をかいていた。

れんげとしても、これは頭の痛い問題だ。

だがさすがに大きくなったクロを肩に乗せて移動するわけにもいかず、クロの不満については放置する形になっている。

あの日とは違い、今日は京阪本線の清水五条(きよみずごじょう)駅で降りる。

そういえば、ゑびす神社で恵比須に遭遇するという珍事のせいで、久しぶりのデートもちゃんとできていないことに気づく。

今度改めて、二人で出かけられたらいいのにと思う。特別なイベントなんていらない。れんげは普通の観光がしたいのだ。

清水五条は、義経(よしつね)を連れてきた思い出の場所だ。

だがそんな思い出に浸る余裕もなく、れんげは五条大橋に背を向けて歩く。

五条通こと国道一号は、片側四車線の車が頻繁に行きかう広い通りだ。少しだけ住み慣れた東京を思い出させるが、建築物に高さ制限があるため空をふさぐような高層ビルは存在していない。

それに実際歩いてみると、こんな広い通り沿いでも古い町家が立ち並んでいることに驚く。典型的な奥に長い町家で、緩く上り坂になっている道に行儀よく並んでいる。

陶器を扱う店が多いのは、この辺りが清水焼のメッカだからだろう。

れんげはそんな通りを横目に、車が一台やっと通れるような細い路地を曲がった。

一本通りに入っただけで、閑静な民家が立ち並ぶ住宅地だ。途中、小中一貫校の巨大な校舎が現れ、本当にこの道で大丈夫だろうかと不安になってきた頃。

角にある駐車場の看板に、『六波羅蜜寺』の文字を見つけて安堵した。どうやら迷うことなく無事たどり着けたようだ。

そして毎度のことではあるが、都七福神と書かれた幟が黒い柵の前に数本立てられていた。

かつては平家の邸宅が立ち並び、地上八〇メートルの八角九重塔が京都を睥睨するように建っていた辺りだ。六波羅蜜寺は平家の没落に伴い諸堂は類焼してしまい、本堂だけが燃え残った。

その後再興され大伽藍を連ねたが、明治の廃仏毀釈により境内の多くは切り取られ現在の大きさとなった。

入り口の真正面に、れんげの目的である弁財天が祀られる立派な祠があった。その奥には、黄金に輝く弁財天像が祀られている。

お参りを済ませると、れんげはその弁財天の像をじっと見つめた。七福神唯一の女性だけあって、顔も体つきも優しげだ。四本の腕で数珠と経典、それにヴィーナと呼ばれる琵琶に似た楽器を抱えている。

弁財天はそもそも、サラスヴァティーと呼ばれる川の女神だった。同時に言語、芸術、学問の神であり、ヒンドゥー教では最高神の妻ということになっている。

れんげは緊張していた。

なぜかというと、事前に福禄寿から弁財天がただの音楽の神ではないと聞かされていたからだ。

福禄寿の話によれば、弁財天は宴会の席で毘沙門天と盛大な喧嘩をしたそうである。それもただの言い合いのような可愛らしいものではなく、武器を振り回す殺し合いの様相であったというのだ。

そんな相手と、一体何を話せと言うのか。

本音を言えば、今すぐ何もかも放り出して帰りたい。家に帰って、布団を干して、早めにこたつを出してまったりとお茶を飲むのだ。

東京にいた頃、ほとんど自宅に寄り付かなかった自分がこんなことを考えるようになるなんてと、少しだけおかしくなる。

無意識に脳が、緊張を和らげようとしているのかもしれない。

『弁財天様～、弁財天様いらっしゃいますか～』

鯛が目的の相手を探して声を上げる。

れんげは弁財天が現れるまでの間、気を紛らわせるために六波羅蜜寺の境内をふらりと歩いた。

それほど広くない境内に、様々な仏像や石碑が安置されていた。子供の頃教科書で見た覚えのある、口から六体の阿弥陀(あみだ)如来を吐いている空也上人(くうやしょうにん)像も、この寺の宝物館に祀られているらしい。

教科書で見たものの実物がここにあるのだと思うと感慨深いものがある。

そうしてぼんやりと歩いていると、いつの間にか弁財天像が祀られた弁財天堂の裏に差しかかった、その時だった。

『ふぎゃ！』

まるで猫の尾を踏んだような悲鳴が響き渡った。

れんげはとっさに足元を見た。

ぼんやりと歩いていたので、猫に気づかず尻尾を踏んでしまったのかと思ったのだ。

『まったく何するのよっ』

だが、尻尾を踏まれた相手はれんげにも分かる言葉で反論してきた。

つまり猫などではなかったのだ。

れんげを怒鳴りつけたのは蛇だった。藪をつついて蛇を出すとはよく言ったもので、相手は烈火のごとく怒っていた。

一方で、れんげは目の前の出来事がしばらく受け入れられず、返事が遅れた。

なにせその蛇は、ただの蛇ではなかった。首にリボンを巻き、明らかに邪魔だと思うのだが体には長い薄布のようなものを纏っていた。

『あ、ああ……ごめんなさい』

耳元でか細い悲鳴が聞こえ、れんげは自分が肩に鼠を乗せていたことを思い出した。鼠にしてみれば、蛇は天敵だろう。蛇がむき出しにしている牙に、鼠が身をすくませているのが分かった。

『れんげ様』

そこに、騒ぎを聞きつけた鯛とクロが飛んできた。

『何事ですか？　ああ！　あなたは弁財天様の』

やはりというかなんというか、蛇は弁財天の神使だった。

蛇は怒りをあらわにするように尻尾の先でぴしゃりと地面を叩いた。肩に乗っていた鼠は辛抱堪らず、れんげの体をするすると下りて鞄の中に飛び込んでしまった。

さすがにれんげは逃げ込むわけにもいかず、その場でじっと踏ん張る。

蛇の体躯は通常の生き物のそれと同じサイズだが、今にも飛びかかってくるのではないかと思うと本能的に足がすくんだ。噛まれたら毒はあるのか。あったとして通常の医療的処置で助かるのかなど、短い時間に様々なことが頭に浮かぶ。

『ちょっと、静かにしてよ！』

とそこに、今度は別の人物が現れ甲高い声を上げた。

その人物の姿に、れんげは今度こそ唖然として言葉を失った。

黒く豊かな、長い髪。色素の薄い白い肌。そこまではいい。れんげを驚かせたのは

――彼女が頭にかぶっている黒い機械のようなものだった。まるで目隠しのように、その機械によって顔の上半分が覆われている。さらに四本の腕の内二本にはマラカスのような黒い機械が握られていた。神様と機械。対極にあるような要素が混在しているのである。

『まったくっ』

その異様な姿の女神は、れんげが黙ったことに満足したのか彼女にくるりと背を向けて歩いて行ってしまった。

『お待ちください弁財天様！』

慌てた鯛の言葉に、れんげはその相手が目的の神であることを知った。弁財天であることはわかったが、では、彼女の奇妙な格好はなんなのだろう。

あまりの驚きで気づいていなかったのだが、れんげが立っているのはいつの間にか弁財天堂の裏ではなくなっていた。

床には毛足の長い真っ白なラグが敷かれ、部屋の中はピンク色の調度品で埋め尽くされている。フリルのついたクッションと、革製のカウチ。ベッドの上には天蓋が吊り下げられていた。

いわゆる姫系と呼ばれるインテリアだが、なぜそんな光景がこんなところに広がっているというのか。

だが、れんげを驚かせたのはこれだけではなかった。

『みんな～待たせちゃってごめんニャ』

弁財天はマラカスのような機械――VRコントローラーを持った二本の手を顔の近くに寄せて小首を傾げた。

するとどうだろう。ピンクで統一された部屋の壁に猫耳を付けた少女が映し出され、弁財天と同じ動きをするではないか。

おそらく五等身ほどと思われる目の大きな少女は、いわゆるメイド服と呼ばれる服装だった。頭に大きなリボンをつけ、当たり前だが弁財天とは似ても似つかない。

そしてその壁には、その少女と同時にたくさんの文字が下から上へと流れていくのだった。

『凸?･』だとか『親フラきたぁぁぁぁ！』など、れんげには意味の分からない呪文のような言葉が延々続いている。日本語だけではなく、中には英語のコメントも見受けられた。

そして、弁財天は空いている手でれんげたちを追い払うような仕草をした。

どうやら邪魔をするなということらしい。

だが、おとなしく帰るわけにはいかず弁財天に声をかけようとしたところで、先ほど踏んでしまった蛇がれんげたちの前に立ちはだかった。

『配信を止められたら手がつけられなくなるからやめて！　こっちで待ってなさい』

そう言って、れんげたちを別室に案内してくれた。

そこはスチールラックにマイクや機械、それにゲーム機などがたくさん収められた倉庫のような部屋だった。

先ほどの部屋とは打って変わって、飾り気もなく寒々しい。

そこでしばらく待っていると、先ほどの格好のままの弁財天が入ってきた。彼女はスチールラックの上に置かれていた箱にコントローラーを入れ、ヘッドギアを外すとれんげたちをじろりと睨みつけた。

『まったく。一体なんの用よ。配信が盛り上がったからいいようなものの！』

その態度から早くも機嫌を損ねてしまったかと危惧したが、不思議なことに弁財天はそれ以上追及してこなかった。

それどころか、率先して先ほどの部屋にれんげたちを案内し、自らお茶まで出してくれたのだ。

『運がよかったわね。アクシデントは跳ねるって言うけど、どうやらよっぽど配信が盛り上がったみたいね』

そう蛇が言うのだが、れんげは意味が分からず首を傾げるばかりだ。

『もしや……先ほど壁に映っていたのは〝ぶいちゅーばー〟というやつでしょうか？

以前テレビで見ました！』

　褒めてとばかりに、クロが尻尾を振っている。

　クロも警戒を解いているのだから、やはり危険はないということなのだろう。

『そうよ。あんた狐の割に随分話が分かるじゃない。全く、他の神様連中は頭が固くて嫌になっちゃう。今はグローバリゼーションの時代よ。インターネットを使えば世界中の信者と触れ合えるのだし、利用できるものはなんでも利用しなくちゃ。私は忘れられて消え去るなんてまっぴら』

『ぐろ……ぐろーばり？　それはどんな食べ物ですか？』

　会話が成り立っているのかいないのか。四本の腕でのボディーランゲージを加えつつ、弁財天は饒舌だ。

　一本の腕で手を振りつつ、一本にせんべいを持ち残りの二本で湯飲みを持つという、なんとも器用なことをしている。

『そもそも、妾（わらわ）だって元はバーラタバルシャ（インド）から海を渡って大和にやってきたのだから、こうした新しいメディアはどんどん取り入れるべきだと思うのよね。Ｖチューバーならどんな姿にでもなれてたのしいわよ』

「ぶ、ぶい……？」

　どうやらこの弁財天はかなり先進的な考えの持ち主のようだ。先進的過ぎて置き去りにされてしまい、訳が分からないままどんどん話が進んでいく。こっそり鯛の様子を伺えば、慣れているのかうんうんと弁財天の話を聞き流していた。

そして弁財天の話が済むと、ようやく本題に入れるとばかりに鯛が口火を切った。

『弁財天様。突然お邪魔したのには訳が――』

だが、その言葉を遮るように弁財天が言う。

『ああ、知ってる知ってる。恵比須の釣り竿がどうたらって話でしょ？』

弁財天は事も無げに言った。今までに訪問した七福神達とは違う反応に、少し戸惑う。

そんなれんげ達の様子を察してか、弁財天は少しだけ胸を張って言った。

『この弁財天様を甘く見ないでよ。ここに居ながらにしてあちこちにアンテナを張ってるんだから。ご注進してくれる信徒もいるしね』

呆気に取られて聞いていると、肩に乗っていた鼠がれんげに耳打ちしてきた。

『福禄寿様のところの鶴は弁財天様にぞっこんなので、我々が来ることを先んじて報せたに違いありません』

鶴というと、福禄寿を抱えて登場したあの鶴か。

己が仕える神とは別の神にぞっこんというのは果たしていいのかと思いつつ、人間が口出しすることでもないので、れんげはなるほどと聞き流した。

「なら、単刀直入にお聞きしますが、釣り竿がどこにあるかご存じありませんか？」

れんげの問いに、弁財天は不敵に笑った。

『あら、神様にお願いするのに手土産もなしなの？』

お願いごとに賽銭ではなく手土産を要求する神様の方こそ聞いたことがない。

れんげはそう思ったが、よく考えたら晴明神社にはいつも手土産を持って行っている。晴明なら日本酒で済むが、弁財天が何を喜ぶのか分からない。

「ええっと……」

『まあ、今日の妾は機嫌がいいから、答えてあげないこともないけど』

言いよどむれんげに被せるように、弁財天が言う。

それなら今の問答はなんだったのか。どうも、七福神は総じて癖が強い。ここ数日の間に、嫌というほどそれを思い知らされたれんげである。

『と言っても、何か知ってるわけじゃないけど。あの日はずっと恵比須が自分で釣り竿を持ってたし、逆にどうやって失くしたのか不思議なくらいだわ』

弁財天の証言は、れんげにとって衝撃だった。

「ええと……それはどういうことですか？」

クロも戸惑ったように首を傾げている。

『どういうも何も、言葉のままの意味よ』

自分の言葉が疑われたと思ったのか、弁財天は少しだけむっとした顔をした。それを取り繕うように、れんげが言う。

『いえ、寿老人が持っていたと証言した方がいるので、その証言と食い違うなと思いまして』

なるほどと、弁財天は得心したようだった。

『見間違いじゃない？　確かに恵比須がずっと持ってたわよ。間違いないわ』

弁財天がそう断言する。

れんげはここにきて、誰が本当のことを言っているのか、全く分からなくなってしまった。

弁財天の言うことが本当だとすれば、布袋の神使である少年の証言と食い違う。

だが食い違うのは、それだけではない。

それは、釣り竿を恵比須が祝宴の間もずっと持っていたという点だ。これはそもそも恵比須本人の証言とも食い違う。

恵比須は最初に、釣り竿はずっと魚籠の中に入れていたと証言したはずだ。そして、他の神々も恵比須がずっと釣り竿を手にしていたとは口にしなかった。ずっと手に持っていたのなら、さすがに覚えていると思うのだが。

ここで、弁財天が嘘を言っている、或いは思い違いだと断じるのは簡単だ。

だがたとえ嘘だとしても、弁財天がそんな嘘をつく理由が分からない。彼女にとっては、なんの利益にもならないだろうと思うからだ。

なので、れんげは否定も肯定もせず、話を変えてみることにした。

「弁財天様は、毘沙門天様と言い合いをされていたとか？」

実際には言い合いなどという可愛いものではなかっただろうが、あえてぼかして尋ねてみた。

すると途端に、弁財天は眦を吊り上げた。

『何⁉　それが今なんの関係があるって言うのよ！』

部屋中に迸る怒気に、空気が震える。鯛は震え上がり、クロは毛を逆立て一回り大きくなっていた。れんげの肩に乗っていた鼠はといえば、恐怖のあまり鞄の中に逃げ込んでしまったようだ。

一方れんげはといえば、今まで神様にあれこれされた経験があるせいか、驚くほど落ち着いてた。

「いえ。言い合いに夢中になって、恵比須様が釣り竿を手放しているところを見逃した可能性はないですか？」

そう言うと、弁財天は少しだけ落ち着いた様子だった。

だが、あくまでも少しだけ、だ。

『まあ！　妾が見逃したというの？　不愉快だわ』

そう言うと、弁財天はそっぽを向いた。

こういう時、れんげは困ってしまう。なぜかというと、相手のご機嫌を取るという能力が圧倒的に劣っているためだ。

営業職だった割に、おべんちゃらが苦手なのである。だからこそ、必死になって仕事に打ち込んだという面もある。

「そういうわけでは……」

『いいわ。もう帰って頂戴！　妾は配信で忙しいのっ』

結局、そう言って追い出されてしまった。部屋を追い出されると、不思議と元の六波羅蜜寺の境内でれんげは立ち尽くしていた。

何もかも夢だったのかと思えるような呆気なさだ。

だが、夢ではない証明がそこにはあった。いや、いたという方が正しいだろう。石畳の上に、蛇が頭をもたげていた。

蛇はれんげを見つめていたので、意図せず見つめ合う形になった。

そして、気だるそうに体をゆする。すると蛇が身に着けていた薄布がするりと地面に落ちた。

だが、蛇はそれを拾い上げることもなく、体をくねらせて薄布から抜け出した。

そのまま何も言わず、去っていこうとする。

「待って」

れんげは思わず呼び止めた。蛇の行動の意味が全く理解できなかった。

蛇は振り返ると、まるで腰に手を当てた人間のように体をそらせた。口からちょろちょろと細い舌が出ている。

『察しが悪いわね。受け取りなさいって言ってるの』

どうやら今度は、蛇が薄布をくれるようだった。椋の実、赤土に続いて、薄布である。

さすがに、七福神たちから渡されるものに何か意味がありそうだということくらい、れんげにも分かる。

しかしそれを問いかける間もなく、蛇はしゅるしゅると地を這って姿を消してしまった。

「なんなの、一体」

残されたのは、呆気にとられたれんげと他の動物たちだ。

クロは蛇の置いていった薄布を口にくわえ、れんげに差し出してきた。それを受け取り、とりあえず広げてみる。

見た目には、ただ細長い薄布ということしか分からなかった。特に文字が書かれているということもなく、釣り竿の手掛かりにはならなさそうだ。

れんげは追及を諦め、薄布を折りたたんで鞄にしまった。先ほど逃げ込んだ鼠が顔を出し、周囲に蛇がいないのを確認して安堵のため息を漏らしていた。

「はあ。残ってるのは毘沙門天だけ……。それで釣り竿が見つかるとはとても思わないんだけど」

思わずため息をつくれんげに、焦ったように鯛が言う。

『不吉なことを言わないでください！　きっと何か手がかりが見つかりますとも』

鯛自身、頑張って己に言い聞かせているような口ぶりだった。

虎太郎の甘味日記　～龍田姫編～

最近、音楽でも映画でも雑誌でさえもサブスクリプションという言葉をよく耳にするが、実は和菓子にもそのサブスクリプションサービスがあったりする。

有名和菓子屋と繋がりのある百貨店こそ、月ごとに老舗の和菓子を発送するサブスクサービスをすればいいのにと、できることなら自分もそれに携われたらいいのにと、心ひそかに企んでいる虎太郎である。

だが、それができるのはきっとずっと先の話だ。その頃にはこのサブスク人気も下火になっているかもしれない。

そんなことを考えながら、虎太郎は烏丸五条の辺りを歩いていた。烏丸通りの一本隣、諏訪町通（すわんちょうどおり）を北に歩く。面白いのは、この通りの名前は「すわまち」ではなく「すわんちょう」と読むところだ。初めて聞いた時は、まるで異国の言葉のように感じた。

虎太郎の目的地は、松原通を曲がったところにある京菓子司『末富（すえとみ）』本店だ。

実はこのお店も、先述のサブスクサービスを提供している。それも、炒りたてのコーヒーと和菓子をセットで届けるという変わり種だ。

頼んでみようかと悩みに悩んだのだが、配送日まで待つより実際に行く方が早いということで、こうして現地に来てしまった。

虎太郎の目的は、十月中旬からごく短い間しか販売されていない、『龍田姫』という和菓子だ。

龍田姫とはそもそも、平城京の西に存在した竜田山の神であり、秋を司るとされている。ゆえに季語として和歌にも詠まれ、古くから親しまれている。

入り口の格子戸をくぐる時、虎太郎の胸は高鳴っていた。和菓子屋を訪れる時はいつもこうだ。

店内はそう広くないが、ガラス張りの陳列棚にはいくつもの和菓子が並べられていた。包装見本もあり、名物と言える空色の包装紙を中心に、パステルカラーの可愛らしい箱が並ぶ。

虎太郎が目当ての品を見つけたのは、生菓子の見本を並べた切子の皿の上だった。

もみじをデフォルメした柔らかいフォルムに、薄紅と薄黄の二種類の薯蕷生地。

薯蕷生地とは、上用粉と砂糖を混ぜた生地にすりおろした薯蕷芋を加えて蒸した生地を言う。しっとりとした舌触りが特徴だ。その二枚の生地に餡を挟んで、ぴったり張り合わせる。まったくもって、食べるのがもったいないような愛らしさなのだ。

目的の菓子を包んでもらい、紙袋を持ってふわふわした気持ちで外に出る。

せっかくなので包装もしてもらった。この店の包装紙は、好事家の間で末富ブルーと呼ばれる青地に、内裏の右近の橘、左近の桜、真宗大谷派の牡丹(ぼたん)、柳と紅葉、そして末富の商標である緋扇(ひおうぎ)があしらわれている。

食べ物の包装紙としては、かなり攻めている色合いだと思う。今でこそ青い包装の食べ物はそう珍しくもないが、この包装紙が採用されたのは戦後すぐだ。

虎太郎は紙袋を揺らさないよう細心の注意を払いながら、自宅へ急いだ。

いつもはお茶だけれど、今日はコーヒーにしようと決めている。さすがに豆から挽くことはできないが、新たなマリアージュが見つけられるだろう。

五折 毘沙門天と恵比須

さて、最後に向かうのは毘沙門天のところだ。電車だと乗り換えが手間なので、バスを使うことにした。京都市街地を走るバスの路線はかなり複雑なので、スマホの地図アプリで目的地までの経路を検索するのが一番楽だ。とてもではないが覚えることなどできないし、最短のルートを検出してくれるので手間がない。

そうして現代の利器を使い、向かったのは東寺。言わずと知れた世界遺産である。広大な敷地を誇り、同時に伏見稲荷とは浅からぬ縁を持つ寺でもある。別名教王護国寺。東寺真言宗の総本山だ。

さて、東寺はその名の割に、現在の洛中とされる場所からはかなり南西に寄っている。これでは東寺ではなく西寺ではないのか。そう疑問に思う人もいるだろう。

ではなぜ東寺なのかというと、単純に創建当時の目抜き通りである朱雀大路が、現在よりもかなり西に寄っていたからだ。むしろ、現在の都市部が北東に寄っているのだと言い換えてもいい。

京都は長年天皇を擁していたという土地柄から、天皇の住む場所こそ都市の中心とする性質がある。

現在の御所はそもそも、大内裏に何かあった時のための臨時の御所だった。

では平安京造成当時の大内裏はどこにあったのかというと、京都御所よりもかなり東の、現在の千本丸太町のあたりになる。

大内裏からまっすぐ南にのびた朱雀大路の東に、東寺が建立されたというわけだ。ちなみに、朱雀大路を挟んで西側にはちゃんと西寺もあった。現在では石碑が残るのみで、その隆盛の差はあまりにも顕著だが。

さて、そうして天皇によって建立された東寺は、嵯峨天皇から弘法大師空海に下賜された。空海は東寺に五重塔を建設するため稲荷山の木を伐りだしたのだが、これが稲荷神の怒りを買い時の天皇が体調を崩してしまった。その怒りを治めようと、稲荷社には従五位下の位が授けられ、後に最高位である正一位を授与されるに至る。

さて、ではその東寺になぜ毘沙門天が祀られているのかと言うと、それは羅城門が近かったからこそと言えるかもしれない。

現在東寺に祀られている毘沙門天像はそもそも、羅城門に祀られていたものだった。しかし平安時代末期の九七八年七月九日に大嵐によって羅城門は倒壊。泡を食った人々によって毘沙門天像は東寺に運び込まれたのである。

そういうわけでれんげはバスを降りた後、東寺の東にある慶賀門から境内に入り、広大な敷地を横切るようにしてまっすぐ毘沙門天像が祀られる毘沙門堂へと向かった。

門を入ってすぐにある、砂利が敷かれた駐車場には大きな観光バスが何台も停車している。

途中御手水で手を洗い、食堂の北を抜けてさらに進むと、右手に宝物館が見えてきた。突き当りにある御影堂の門をくぐる。東寺の北西にあるこの一角は、かつて弘法大師空海の住んでいた場所だ。檜皮葺きに蔀戸といった平安時代の様式を受け継ぐ建物で、中には国宝弘法大師坐像が祀られる。

『それにしても、大丈夫なのでしょうか』

黙ってついてきていたクロが、突然口を開いた。

『何が?』

周囲には他の参拝客もいるので、流石に声に出すことなくれんげは答える。

『その、毘沙門天様は、弁財天様と喧嘩なさっていたのですよね? 気性の荒いお方なのでは……弁財天様もああいうお方でしたし』

どうやらクロは、福禄寿の話にあった毘沙門天と弁財天の喧嘩に改めて臆してしまったようだ。

確かに先ほどの弁財天は、実際手出しこそしてこなかったもののなかなかに気性の荒い神様だった。無事話ができたのは偏に、れんげ達がやってきたトラブルによって彼女の配信が盛り上がったからだろう。

神様がアバターを纏って生配信をするなど、実際に目にした今でも信じられない気持ちでいっぱいだが。

敷石に沿って先に進みつつ、れんげは今まで出会った七福神の面々について考えた。

最初に出会った恵比須と布袋こそ柔和だったものの、それ以外の面々は厄介な相手が多かったように思う。

だが、れんげはここに来るまでに、ある一つの仮説を立てていた。ことごとく食い違う釣り竿についての証言や、協力的とはいいがたい七福神の態度。

それらをつなぎ合わせると、どうしてもある推論に行きつく。

「ねえ」

れんげが声をかけると、先を進んでいた鯛がくるりと振り返った。

『なんでございましょう？』

いつも通りの、やけに愛想のいい声だ。

「考えたんだけど、釣り竿を盗んだのはあなたなんじゃない？」

驚いたのか、鯛が硬直したように動きを止める。

それこそが、七福神のうち毘沙門天を除く六柱の神に会って、れんげが出した結論だった。

れんげは探偵ではない。だから釣り竿を探すために神に会っても、誰が怪しいなどと推測はできないし、気の利いた質問もできない。

そしてそのことは、一緒に行動してきた鯛が一番よく分かっているはずだ。

しかし捜索を辞退しようとしても、鯛はそれだけはやめてくれと言ってきかなかった。なぜか。

はじめは、一尾で他の神々に会いに行くのが怖いからかと思った。確かに強烈な神々だったので、それも納得できなくはない。

だがやはり、妙である。

行った先々でも、別に鯛がひどい扱いを受けることはなかった。つまりそれほど相性の悪い相手がいるわけではないということだ。

それに、ここ数日の付き合いだが、鯛はとても忠誠心に篤いように思う。ならば一刻も早く釣り竿を探し出したいだろうと思うのだが、れんげと行動するとどうしても移動の時間や家に帰って休む時間が必要になる。しかも役に立たないのだから、明らかな足手まといだ。

なのにどうしてもついてきてほしいというので、これはもしかしたられんげと一緒に行動すること自体が目的なのかもしれないと思い始めた。

さらに、行く先々で食い違う証言。これもまたおかしい。まるで、全員で協力して釣り竿の在りかが見つからないようにしているようだ。

鯛ならば、釣り竿を盗むチャンスはいくらでもあっただろう。そもそも盗まれてなどおらず、今回のことはれんげを連れまわすための口実だった可能性もある。

なのでれんげは、鯛に鎌をかけてみることにした。もし自分を騙しているのなら、それで何がしかの反応が返ってくるだろうと思ったからだ。

実際、鯛は否定することもなく黙り込んだ。クロは話を聞いていなかったらしく、物珍しそうにあちこちに目をやっている。

そして鯛の返答もないままに御影堂の周りをぐるりと回り、高野山（こうやさん）遥拝所の前を抜けると、都七福神の幟が立てられたこじんまりとしたお堂があった。

それこそが、毘沙門天堂だった。

正面の格子戸には上半分に障子が張られ、さらに室内は暗く目を凝らしても奥まで見通すことができない。

ここに祀られる毘沙門天像は、兜跋（とばつ）毘沙門天という特殊な形をしている。右手に戟（げき）を持ち、左手には宝塔を捧げ、頭には高い宝冠を被り、鎧を身に着けている。そしてなんといっても特徴的なのは、その足を支える地天女（ちてんにょ）と呼ばれる女神だろう。

かつてシルクロードに、于闐（ホータン）という国があった。ちょうど今のウイグル自治区の辺りである。この国の建国神話によると、子供がいなかった于闐の王は子孫が途絶えることを心配して毘沙門天に祈ったとされる。すると祈った毘沙門天像の額が割れて赤子が生まれ、その子供は隆起した大地の乳房によって育てられ、やがて王位につき国は繁栄したという。

兜跋毘沙門天像の足元の地天女は、この赤子を育てた乳房の持ち主。大地の女神というわけだ。

唐の時代、中国の安西(あんざい)という都市が吐蕃(とばん)による侵攻を受けた際、この于闐の王が援軍にやってきた。これがきっかけで唐に広く地母神に支えられた毘沙門天像が広まることになり、それを見た空海が日本に持ち帰ったのであろう。

れんげはひとまず、賽銭を投げて型通りのお参りをしてみた。手を合わせて柱に書かれた真言を暗唱する。

『オン　ベイシラマンダヤ　ソワカ』

目を閉じて、これを三回。

そして目を開くと、うつむいていたれんげの目に衝撃的なものが映った。自分の靴のすぐ近くに、巨大な百足が這っていたのだ。

「ひっ」

思わず、喉をひきつるような悲鳴が出た。反射的に踏みつぶしそうになったところを、慌てた鯛に止められる。

『おやめください！　この百足は毘沙門天様の使いにございます！』

理性でなんとか足の動きを止めたれんげは、嫌な汗をかきながらその巨大な百足を見下ろした。その大きさはれんげの腕ほどはあるだろうか。

正直なところ、弁財天のところで遭遇した蛇よりも圧倒的な忌避感があった。

『驚かせて申し訳ありません。ようこそお越しくださいました』

百足はついさきほど踏みつぶされそうになったにもかかわらず、愛想よく言った。

表情はわからないのだが、少なくともその声に怒りのようなものは感じられなかった。体の大きさに反して声は思ったより高く、子供のような可愛らしい。

さすがにこれには、れんげも申し訳なくなってしまった。

れんげはひざを折ると、百足に向かって言った。

「ごめんなさい。驚いてしまって」

すると、百足こそ驚いたようにのけぞっていた。

『そ、それではご案内しますね』

そう言うと、百足はうねうねと地面を這って移動し始めた。ひとりでにお堂の格子戸が開き、その中へ吸い込まれていく。鯛がそれに続き、クロもなんの疑いも持たず、あとについて行ってしまった。

れんげは少し迷った後、靴を脱いで彼らに続いた。ちなみに鼠は、鞄の中が存外気に入ったらしくその中に入っている。

格子戸をくぐると、中は別世界だった。

まず見えたのは、雲海だ。朝焼けに濡れたような薄紅の雲が、どこまでも続く。

れんげは唖然としてしまった。小さなお堂に入っただけのはずなのに、その中に別の空があったのだから。

　雲の切れ間から、遠くに海がのぞいた。ただしとても遠くに。どうやられんげは、海抜のかなり高い場所にいるらしかった。

　そして後ろを振り返ると、こちらも信じられないほど高く大きな山がそそり立っている。どうやら自分は巨大な山の中腹にいるらしい。そう理解するまでに、かなりの時間が必要だった。

　れんげがいる場所は巨大なテラスのようになっていて、巨大な宮殿が建っていた。巨大な石をくりぬいたと思われる宮殿は、光を受けて白く光っていた。等間隔に並ぶ柱、屋根から突き出た丸みを持つ尖塔。中国の楼閣というよりも、インドのストゥーパに近い。壁や柱には緻密な彫刻が施され、ため息の漏れる美しさだ。

　ぼんやり立っていると、柱の間からこちらに近づいてくる影があった。

　西域風の甲冑を身にまとい、宝冠を被っている。顔はなんとも恐ろし気に見えるが、大黒天と違って怒っているというよりも、表情がなく冷たい感じがした。

　毘沙門天だ。

　その姿は、以前鞍馬寺で見た毘沙門天像に似ていた。

『毘沙門天様。お客様をお連れしました』

　百足が一足先に毘沙門天の前に進み出て、言った。

『お邪魔いたします』

「初めまして」

鯛に続いて、れんげも一応挨拶する。

鯛の真意はなんなのか、未だに分からないままだ。

『うむ』

するとしばらくして、ため息のように小さい返事が返ってきた。もっとリアクションがあるかと思ったが、毘沙門天はそれきり黙り込んでしまった。

『ここではなんですから、どうぞ奥へ。ソーマもありますよ』

そう言って、百足は先ほど毘沙門天が出てきた柱の奥に、どんどん進んでいってしまう。大丈夫なのだろうかと毘沙門天の様子を伺うと、彼も百足について行ってしまった。鯛も黙ってそれに続いているので、れんげも大人しくそれに倣うことにした。

クロは緊張しているのか、先ほどからずっと黙ったままだ。ふさふさの尻尾が、不安そうに揺れている。

奥には石の床に絨毯が敷かれ、そのまま座れるようになっていた。毘沙門天は上座に置かれた正方形の床几のような椅子に腰掛け、れんげは促されるまま絨毯の上に腰を下ろした。

やがて百足が、全員に飲み物を配る。

これがソーマだろうか。色は白濁していて、どぶろくに似ている。

れんげは以前鯛に言われた、異界の食べ物を食べると元の世界に戻れなくなるという言葉を思い出し、手をつけなかった。

室内に、重い沈黙が落ちる。

いつもはこんな時に真っ先に鯛が口を開くのだが、先ほどの話のせいでずっと黙りこくっている。

このままでは話が進まないと判断したれんげは、自ら本題を切り出すことにした。

「毘沙門天様。恵比須様の釣り竿が無くなったという話を知っていますか？」

弁財天が知っていたので、もしかしたら毘沙門天も知っているかもしれないと思い、れんげは初めにこう問うた。

それからしばらく、間が空いた。毘沙門天は無表情のまま黙っている。

聞き取れなかったのだろうか。そう思いもう一度問いかけようと口を開いたところで、毘沙門天が小さく首を左右に振った。

どうやら聞こえていたらしい。

ならばもっと早く反応してほしいと思いつつ、れんげは話を進める。

「酒宴の際に、恵比須様の釣り竿が無くなったそうです。毘沙門天様はその時、弁財天様と喧嘩になったそうですね？」

れんげがそう問いかけると、また少しの間が開いて毘沙門天が頷いた。

どうしても会話がワンテンポ遅れるので、歯がゆく感じられてしまう。これでは確かにあの弁財天とは合わないはずだと、心の裡で考える。

「その時、釣り竿がどこにあったか分かりますか？」

そう問いかけると、再び毘沙門天は黙り込んだ。その表情に変化はなく、反応もないまま五分が経過した。

もう一度尋ねるべきか悩んでいると、百足がれんげの傍に寄ってきて言った。

『毘沙門天様はしばらく考える時間が欲しいようですので、どうぞソーマを召し上がってください』

そう勧められたが、れんげは愛想笑いで乗り切った。鯛は口をつけているが、クロは匂いを嗅ぎつつもれんげを見習って口はつけていないようだ。

それから、またしばらく時間が経過した。体感では十分ほどだが、この世界の時の流れが人間世界と一緒かは分からないので、どれくらいかははっきりとしない。

百足がもう一度、今度はしびれを切らしたように言った。

『どうぞソーマを飲んでください！』

さすがにここまで来ると、この百足の言動も異常だと判断せざるを得なかった。

れんげはとっさに、腰を浮かせた。身の危険を覚えたからだ。

それを感じ取ったのか、クロが牙をむき出しにして唸る。部屋の中に緊迫した空気が広がった。

「この世界の飲み物を飲むと、元の世界に帰れないいんじゃないの？」

れんげがそう問いかけると、百足は動揺したようにたくさんある脚を動かした。それを見て、思わず鳥肌が立つ。

『ずっと、この世界で暮らしましょうよぉ！』

そう叫んだかと思うと、突然百足が襲いかかってきた。

これはさすがに予想外で、れんげは思わず尻もちをついてしまった。クロが百足に飛びかかろうとする。

するとその瞬間、太い指がむんずと百足の胴体を掴んだ。

毘沙門天だ。

『やめろ』

彼は、ただ一言そう言った。

すると、百足は無念そうに体をくねらせ、子供のような泣き声をあげ始めた。

『嫌だ！　さみしい！　さみしいです。毘沙門天様も本当は人間がお好きじゃありませんか。ここにこの人が暮らしてくれたらきっと楽しい。たくさんお喋りできます』

百足は聞き分けのない子供のように、さらに体を激しくくねらせた。

『嫌だ！　嫌だ！　ねえ人間のあなた。どうかソーマを飲んで。ここで一緒に暮らして。毘沙門天様は優しいの。ここにいてくれたらそれがきっと分かる。だからずっとここにいてっ』

子供のような声でそう言われると、恐ろしさとは別にひどく胸が痛んだ。

少し話しただけで、この毘沙門天が口数の多いタイプではないとよく分かる。弁財天と喧嘩したというくらいなのだから、そのせいで折り合いが悪い神もいるのだろう。だからこそこの百足は、己の主人の良さを誰かに分かってほしかった。

そしてその誰かに、一緒にここで暮らしてほしかったのだ。

その言動は、おもちゃを欲しがる子供のようだった。相変わらずたくさんの足を、蠢かせている姿には背筋が凍ったが。

『うるさい！　れんげ様逃げましょう。今のうちに！』

動けずにいるれんげに、クロが叫んだ。れんげはとっさに、毘沙門天に目をやった。彼はれんげと目が合うと、空いている手で百足の背をつまみ、引き抜くような動作を見せた。

すると、蛇から託されたのとは色違いのような細長い薄布が、魔法のように百足の背から抜け出る。

それきり、百足は糸が切れたように動きを止めた。

片手に百足を掴んだままの毘沙門天が、その薄布をれんげに差し出してくる。

「え？」

思わず呆けた声が出た。

あまりにも急展開の連続で、状況に心が追いつかなかった。

すると、まるでこれをやるとでも言いたげに、毘沙門天がその布を押しつけてくる。

呆気にとられたまま、れんげはその布を受け取った。

受け取った途端に、毘沙門堂の前に戻っていた。れんげもクロも、まるで狐につままれたような顔をしていたことだろう。狐が狐につままれるというのは、少しおかしいが。

そして気がつくと、鯛は姿を消していた。

いつからいなくなっていたのかは分からない。鯛は何も放さなかったうえに、百足にばかり意識が向いていて鯛にまで気を配っていなかった。

れんげは興奮したクロをなだめ、なんとか自宅へ帰った。

七福神全員の元を訪れたはずなのに、まるで小骨が喉に引っかかったような気持ち悪さを感じていた。

⛩ ⛩ ⛩

「なんですかそれ！」

　帰宅して今日の出来事を虎太郎に話すと、案の定ひどく驚かれた。いや、驚かれただけでは済まなかった。その顔には怒りの色があったからだ。

　その怒りが百足に対するものなのか、それとも鯛に対するものなのか、判断はつかなかったが。

「それで……これからどうするつもりですか？」

　真剣な目をして、虎太郎が言う。

　れんげは帰宅するまでの道すがら、考えていたことを口にした。

「もう一度、ゑびす神社に行ってみるつもり」

「な、危ないですよ！」

　虎太郎が驚くのも無理はない。れんげの推察とそれ以降の鯛の態度を考えれば、少なくともこちらに好意的な相手とは考えにくいからだ。

「でも、意味が分からないままにしておくのは嫌。相手が神社から出てこられないなら近寄らずにいれば済むけれど、そうじゃない。油断している時に突然現れて足元救われる方が怖い。これからも私は京都に住み続けるんだから」

　ゆっくりと、自分にも言い聞かせるようにれんげは言った。

鯛はれんげと一緒に京都市内を移動することができた。つまり今ここに現れたとしても、なんの不思議もないということだ。

こんな状態のままで、以前の生活に戻ることはできない。

せめて恵比須と鯛がどういうつもりでれんげに釣り竿探しを依頼してきたのか、その理由が知りたい。

れんげの言葉に、虎太郎は黙り込んだ。分厚いレンズの奥にある、虎太郎の考えを読むことはできなかった。

それからしばらく、沈黙が続いた。近くで伏せをしているクロが、心配そうな顔でこちらを見ていた。

「分かりました。俺も一緒に行きます」

そう真剣な顔で言われてしまい、れんげは戸惑った。

「でも……」

虎太郎の邪魔をしない。迷惑になりたくないというのは、れんげの心に絶えずある想いだ。たとえ虎太郎がそれを望んでいなかったとしても、それはそう簡単に変わるものではない。

頷くことのできないれんげの手を、虎太郎が握った。

大きな手だった。

「俺だって、れんげさんがいつ危険な目に遭うか分からない状況なら、それを解決したい気持ちは一緒です。でもここでれんげさん一人で行かせたら、俺は絶対後悔します。それに、れんげさんが危ない時に何もせずに見てるだけなんて、そんなの付き合ってるって言えますか？」

その真剣な表情に、れんげは何も言えなくなってしまった。

虎太郎の誠実さ。それに好きなものに対する一途さは、れんげにとって直視できないほどまぶしいものだった。

「それに、俺の予想が正しければ……」

そう言って、虎太郎の言葉は途切れた。

結局れんげが流される形になり、翌日二人でゑびす神社に行くことが決まった。

⛩ ⛩ ⛩

ゑびす神社へ向かう道すがら、虎太郎とれんげ、それにクロの心境や雰囲気は前回と全く違うものになっていた。

いつもは外出にはしゃぐクロも、さすがに今日ばかりは緊張を崩さない。

たった数日でこんなことになるなんて、れんげは全く予想していなかった。もちろん虎太郎もそれは同じだ。

靹の中には、鼠も待機している。

不思議なことに、事のあらましを話しても鼠は帰るとは言わなかった。れんげは大黒天の元へ帰すつもりだったのだが、虎太郎がそれを止めた。

それどころか、七福神やその神使から渡された品物の数々も、虎太郎の靹に入れてしっかりと持ってきている。どうやら彼には、何か考えがあるようだ。

「いよいよ、か」

鳥居の前に立ち、れんげは呟いた。

何が起こるのか、正直なところ想像もつかない。

「俺が絶対、守りますから」

真剣な口調でそんなことを言われると、れんげは言いようのない照れ臭さを感じた。

今までこんなことを、誰かに言われたことがあっただろうか。交際してきた相手にすら、言われたことはない。

きっと家族も、れんげは一人でも大丈夫な人間だと認識していた。会社の同僚も、友人も、恋人も、れんげ本人ですらも。

なのに虎太郎は――まだ大学生で、何か特別な力を持っているわけではないのに、れんげを守ろうとしている。たとえ震えていても、れんげを庇おうと前に出てくれる。

付き合う前から、そうだったのだ。れんげを追ってきた元彼である理（おさむ）を、虎太郎は押しとどめてくれた。

そうやって無条件に、人助けができる人なのだ。

そう思っただけでなんだか、れんげの胸はいっぱいになってしまった。

「行きますよ」

真剣な虎太郎の横顔を見ながら、れんげは思う。

何かあった時に、自分もこうして手を差し伸べることのできる人間でありたいと。

⛩ ⛩ ⛩

ザザーン、ザザーン、寄せては返す波の音。

命の匂いともいえる磯臭さ。どこまでも海と空を二分する水平線。

鯛にとっては、あまりにも馴染み深いものだ。かつて海で暮らした頃が思い出されるからか、じっと見つめていると泣きたくなる。

『恵比須様……わたくしはどうすればいいのでしょうか』

途方に暮れたように、鯛は呟いた。それを聞くべき神はここにはいない。鯛には、主に面と向かってそう問う勇気がなかった。

自身が犯人なのではないかとれんげに問われた後、鯛は結局言い返すこともできずれんげの前から姿を消した。

それは、彼女の推測がほぼ当たっていたからだ。

実際に、恵比須の釣り竿は盗まれてなどいない。そもそも神の持つ道具は概念であり、盗まれるようなものではないのだ。

ではなぜそんな嘘をついたかといえば、もちろん恵比須の指示であった。

白菊と対峙した人間の話を聞いた恵比須は、以前かられんげのことを危険視していた。

人と神。その間には行き来することのできない深い溝が横たわっている。少なくとも恵比須は、そう考えているようだった。

恵比須は古い神だ。その起源は、国つ神の頭領である大国主神の息子、事代主神よりもさらに古くにまで遡る。

国生みを成したイザナミとイザナギ。彼らが現代に続く皇室の祖、天照大御神を生み出したのはあまりにも有名だ。

だがしかし、この二柱は天照大御神以外にも多くの神をお生みになった。古事記によると、その数およそ三十五柱。

だがしかし、その数に含まれない二柱が存在する。

それがイザナミとイザナギが最初にお生みになった子、水蛭子(ひるこ)と淡島(あわしま)であった。彼らは天照大御神よりも先に生まれたので、本来であれば天照大御神の兄にあたる。だがそんな尊き生まれの神であるにもかかわらず、この二柱はなかったことにされてしまった。

なぜかというと、水蛭子は生まれてから三年経っても立つことができなかったからだ。淡島も詳細は不明だが、なんらかの障害を持っていた。そしてそれを理由に、神には相応しくないとされた。

淡島は現在、婦人病など女性にまつわる霊験も持った神として祀られることがある。一方で水蛭子はというと、葦にのせ海に流されたことから、海からやってくる神となった。

古くから日本には、海から流れ着いたものを吉兆として祀る風習がある。変わった形の流木や、巨大な鯨の骨などだ。それが流された水蛭子と結びついて、いつしか漁業の神となった。

さらに水蛭子と事代主神が漁業の神であることから、両者が結びついて、現在の恵比須になったのである。

片や、親に見捨てられた神。片や国譲りを強制された神。

どちらも、あまり幸福な来歴の神とはいいがたい。それが長い年月を経て、人の都合で福の神となった。

笑みを絶やさない、福々しい神に。

鯛が恵比須の使いとなったのは、水蛭子が流された海でのことである。出会ったばかりの頃、水蛭子は親に捨てられた絶望の中にあった。思うようにならぬ己の体を憎み、疎んでいた。鯛は長らく、そんな孤独な神に寄り添う影であった。

状況が変わったのは、水蛭子が事代主神と結びついて以降だろうか。どちらも幸せな神ではなかったが、少なくとも事代主神には自由に歩き回れる足があった。また、国譲りを強制されたとはいえ大国主命を筆頭に彼らは出雲大社に懇ろに祀られた。

そこにはもう、不自由で孤独な水蛭子の姿はなかった。そうして孤独な神は、長い時間をかけて人間に幸福を齎す神となった。古くから恵比須を知る鯛にとって、それは嬉しくもあり、同時に寂しくもあった。

『なぜあのように素晴らしい方を、海に流されたのか……。とはいえ、海にいらっしゃらねばわたくしがお仕えすることもなかった。ならばこれでよかったのか。あの方のお心を、どうすればお救いできるのか……』

不自由な身から人を幸せにするという権能を与えられた恵比須は、よく言えば責任感が強く、悪く言えば己の職務に固執していた。

十月、神無月になり父が去って留守神となると、都全体に目を配り、問題因子があれば過剰に防衛行動をとるようになった。

それをやり過ぎだという者もいる。父の権力を笠に着ていると厭う神もいる。

だがそれでも、鯛はずっと恵比須に付き従ってきた。主のすることに間違いなどないのだと、信じ続けてきた。

それが今揺らいでいるのは、たった数日とはいえ行動を共にしたれんげたちのせいだ。

あらかじめ聞いていた通り、れんげは人間であるにもかかわらず神使である狐のクロを連れていた。

神使の狐は本来、宇迦之御魂神に仕え、各地の稲荷神社に祀られているはずだ。ところがそれが人に付き従っているのだ。恵比須がれんげを危険視するのも分からなくはなかった。

クロの力は、使いようによってはとんでもない厄災にもなりうる。炎を操り、神すらも害することのできる力だ。そして、それを従わせるからには、れんげ自身も只人ではなく特別な力があるのではないか。それは人と神の均衡を失わせるのではないか。

恵比須がそう疑ったのも無理からぬことかもしれない。そんな恵比須の不満は、れんげを野放しにしている白菊命婦にも向けられていた。

ゆえに恵比須は、れんげを試した。釣り竿を探してほしいと偽りの依頼をし、他の六福神の元を訪れるよう言いつけた。

良くも悪くも、七福神は個性の強い神々である。れんげがそれらとどうやり取りをするか。そこに鯛を同行させることで、恵比須はれんげの本質を見極めようとしていた。

そのために宴の席で酒をふるまい釣り竿の行方を撹乱した。他の六福神の記憶を曖昧にし、さらには寿老人に化けて、釣り竿を持っているところを童子に見せるなどの小細工を弄した。

行く先々でまったく違う証言が出ることに、れんげがどう対応するのか。問答無用で乱暴な手段に出るのではないか。

それを見張ることこそが、鯛の受けた使命だったのだ。

だが、予想に反してれんげは冷静であり、真実へとたどり着いた。恵比須がれんげを試そうとした理由こそ分からなかったようだが、鯛が真実を知っていると察してかまをかけてきたくらいである。

そう気づいた時、鯛の胸に去来したのは怒りではなく、安堵だった。

やっと嘘から解放されると思った。そうなって初めて、鯛は己の役目に多大なるストレスを感じていたのだと気がついた。

尊敬する主の命である。危険分子を見張れと言うのならたとえそれが危険な任務であろうとも、鯛に否やはない。

だがしかし、鯛を苦しめたのはれんげの人の好さであった。

口では文句を言いつつも、れんげは恵比須の言葉に素直に従い、役目を果たそうとした。途中で投げ出すこともなく、愚痴も零さなかった。

癖の強い六福神を向こうに回し、時には危険な目に遭いながらも決して我を忘れることなく、クロや鯛に無体を強いるような真似もしなかった。

少なくとも、鯛が訪れたれんげと虎太郎の家は、穏やかで温かかった。

そこは恵比須の暮らす海辺の屋敷とは、何もかもが違っていた。広さではない。どこかから人の気配がして、孤独とは無縁だった。れんげとクロの間に上下関係は存在せず、互いにいたわり合っているのが感じられた。

一方的に盲信するだけの、恵比須と鯛の関係とは全く違っていた。

だから鯛は、今自分がしていることが正しいのか、分からなくなってしまった。

れんげを試すことが、本当に都のため、恵比須のためになるのか。恵比須のすることが神として正しいことなのか、疑いを抱いてしまった。

恵比須は哀しい神だ。

常に満たされない思いを抱えている。親に認められなかった自分を恨み、大国主命に認められたいと強く願っている。

いままで見て見ぬふりをしてきたその危うさが、今になって彼を暴走させているようで鯛は不安な思いを抱いたのだった。

⛩ ⛩ ⛩

鳥居の向こうに広がっていたのは、ゑびす神社の境内でも、そして恵比須に連れて行かれた海辺でもなかった。

真っ暗で、何も見えない完全なる闇だ。傍に何があるかすら見通すことはできなかった。地面は柔らかく、安定感がない。れんげの手を握っていた虎太郎の手に、力が籠ったのが分かった。

暗闇の中に、恵比須が姿を現した。

彼は虎太郎の姿を見ると、少しだけ驚いたような顔をした。だがれんげたちが気になったのは、そんなことではない。

恵比須の手には、探していたはずの釣り竿が握られていたのだ。

「どうして私たちが来たか、お分かりでしょうか？」

れんげの問いに、恵比須は以前見た時のように己の髭を撫でた。その顔には薄いほほえみが浮かんでいる。

まるで、れんげたちを試しているような態度だ。

『ああ。君たちは十分にやつがれの希望を果たしてくれた。礼を言う』

「希望というのは、釣り竿を探すことではないですよね？」

いままさに、自身で釣り竿を持っているのだから、探す必要などないはずだ。

ならば恵比須の本当の目的は、なんだったのか。

れんげと虎太郎は、固唾をのんで恵比須の返答を待った。

『そうさな。やつがれの目的は、そなたらを試すことであった』

「どうしてそんなことを……」

『分からぬのも無理はない』

そう言ったかと思うと、目の前の恵比須の姿がぼやけ、大きく膨らんだ。

れんげと虎太郎は息を呑んだ。もちろんクロもそうだ。

「な！」

霧のように膨らんだ恵比須の輪郭は、闇の中で巨大な鮫の姿になっていた。

『この姿を、八尋熊鰐という』

なぜか疲れたように、鮫が言う。

そう言われても、れんげにはなんのことだかわからない。黙っていると、巨大な鮫が自嘲めいた低い笑い声をあげた。

『といっても、伝わらんか。すべては忘れ去られたこと』

「分からないわ。ちゃんと説明して」

　鮫は大儀そうに頷いた。

『そもそも、やつがれがお前たちのことを知ったのは、稲荷の狐に話を聞いたからではないのだ』

　恵比須の言葉に、れんげ達だけでなく鯛まで驚いた顔をしていた。どうやら鯛にとっても、これは予想外の展開だったようだ。

『お前たちは先だって、賀茂の地で別雷（わけいかづち）とまみえたはず』

　別雷というのは、上賀茂神社で祀られる賀茂別雷大神（かもわけいかづちおおかみ）のことだろう。その名の通り雷の神であり、その雷には大いに苦しめられ、また助けられもした。

『あの子は我が子。我が妻玉依比売神（たまよりひめのかみ）が産んだ子だ。そしてこの姿は、玉依比売神の夫としての姿』

　これにはれんげたちも驚かされた。

　上賀茂神社に伝わる神話では、玉依比売神が川から流れてきた丹塗りの矢を拾い、その矢によって身ごもり賀茂別雷大神を産んだことになっているからだ。

　そしてその玉依比売神は、以前れんげの首に痣を残した因縁の神でもあった。

　思わず身構えていると、鮫が身じろぎをして尻尾を揺らした。

『別に、恨んではおらぬ。むしろ感謝しているよ。よくぞ妻の無念を晴らしてくれた』

比叡山の強訴によって京都市内に取り残された玉依比売神。

息子に会いたいと願う彼女を、息子である賀茂別雷命が祀られた上賀茂神社に連れて行ったのは、つい先月の出来事だ。

「なら、なんで……」

どうして自分たちを試すような真似をするのか、れんげには分からなかった。

『個人的には感謝しておる。だがそなたの行いは、人の身には過ぎたること。心弱き者が力を持てば、世が乱れ国が荒れる。都の留守を任された者として、汝が人の脅威と成りうるか試さねばならん』

つまり恵比須はれんげを試すために、釣り竿を探してほしいと嘘をついて六福神の元へ向かわせたらしい。

『そなたに悪しき心があれば我ら七福神、たちどころに見抜き罰を与えただろう。だがお前は、無事ここまでたどり着いた』

ならば、これで終わりなのか。

れんげは一瞬安堵した。黙って試されたのは業腹だが、もう終わりにして構わないでいてくれるというのなら十分な成果だ。

「なら、ここから出してください」

闇の中は陰鬱で、そんな場所にいつまでも閉じ込められているのは息が詰まった。

だが、鮫はれんげの願いを振り払うように尻尾を振り回した。

『ならん。おぬしらには最後の試練を与えよう。七福神の元へ赴いたのであれば解けるはず。我が父が受けたる試練。打ち勝ちて逃れて見せよ』

そう言うと、鮫は暗闇に溶けるように姿を消した。

「一体な……っ」

どういう意味だと問いかけようとしたのだが、最後まで言葉にすることはできなかった。れんげたちの立つ地面が、突然動き出したからだ。

そこで二人は、自分たちが立っているのが地面などではなく、生き物の胴体であることを知った。それも一匹ではない。複数いる。

『れんげ様！』

先ほどまで暗闇に紛れていたクロが、狐火を吐き出し辺りを照らした。

だがれんげはすぐに、見なければよかったと後悔する羽目になった。なぜならそう広くない空間の中に、床と言わず壁や天井にまで、無数の蛇が這っていたからだ。

蛇は絡まり合い這いずりながら、れんげたちを威嚇（いかく）するように牙を剥く。

「ひっ」

思わず声にならない悲鳴が漏れた。

いくら肝の太い自信があるれんげでも、これはどうにも受け入れられない。

一方で、れんげの手を握る虎太郎は厳しい顔こそしているものの、そこまで動揺してはいなかった。

「れんげさん、少しだけ辛抱してください」

なぜかと不思議に思っている間もなく、虎太郎はそう言ってれんげの手を離すと、持ってきていた鞄の口を開いた。

れんげは思わず叫びそうになった。鞄の中には、鼠がいる。まさか鼠で蛇たちの気を引くつもりなのか。ただでさえ弁財天の神使の蛇に怯えていた鼠である。こんな場に引っ張り出してはかわいそうだろうと思った。

だが、予想に反して鞄から虎太郎が引っ張り出したのは、その弁財天の蛇から渡された細長い薄布だった。

一体何をするつもりなのかと見ていると、虎太郎はおもむろにその薄布を三度、空中で振ってみせた。

するとどうだろう。

れんげたちを威嚇し今にも噛みつこうとしていた蛇たちは、たちまち大人しくなりれんげたちから離れていった。

「どういうこと？」

れんげが尋ねると、虎太郎は額から流れる汗を拭いながら言った。

「説明は後で。俺の予想が正しければ、試練はこれだけじゃありません」

そう言うと、虎太郎は蛇が這う壁に手を突っ込んで何やら探し始めた。

れんげとクロは、顔を見合わせる。

「あった！」

虎太郎はそう叫んだかと思うと、おとなしくなった蛇たちを壁から引き剥がし始めた。一体何をしているのか見ていると、その壁に継ぎ目が現れた。どうやら、大岩が穴を外から塞いでいるようだ。

虎太郎がその岩を何度か蹴ると、轟音を立てて部屋を閉ざしていた岩が倒れた。

しかし期待に反して、その穴から光がさすことはなかった。

れんげの目に映ったのは、蜂と百足が溢れかえるつぎなる洞窟だった。

まるでB級のパニック映画だ。

れんげは心底げんなりした気持ちになって、どうしてこんな目に遭うのかと泣きたくなった。

どんなに強がっていたって、蜂も百足も苦手に決まっている。それが部屋の中を埋め尽くしているとなったらなおさらだ。

「虎太郎！」

大穴から蜂が虎太郎に襲い掛かろうとするのを見て、れんげは思わず叫んだ。

その瞬間、白い影のようなものがれんげの視界を遮った。そして次の瞬間、大穴の向こうがまばゆい光であふれた。光の発生源はクロだ。闇に目が慣れていたれんげと虎太郎は、たまらず目をつぶる。

ごうごうと、まるで火炎放射器のような音した。

音がやんだので恐る恐る目を開けると、穴の向こうにいた百足と蜂は大半が焼け落ちている。

どうやらクロが炎によって虫たちを焼き払ったらしい。

だがそこで、れんげははっとした。

二部屋が連結しているだけの密室で、火など燃やせばどうなるか。

答えは簡単だ。燃焼によって部屋の中に一酸化炭素が充満する。つまり人間の活動不可能な環境と言うことだ。

同じ考えに至ったのだろう。虎太郎は慌てて大穴を飛び出し、次の部屋の壁にあった継ぎ目に体当たりをした。

れんげも口を押さえ、それに続く。

ガコンという大きな音がして間もなく岩が外れ、穴の向こうから新鮮な空気が流れ込んできた。息を止めていたれんげと虎太郎は、はあはあと呼吸を整えるのに必死だ。

「し……死ぬかと思った……」

最初の蛇も、次の部屋にいた蜂と百足も、恵比須が作り出した霊体だったようで、部屋を移動したときには消滅していた。となると、ある意味もっとも命の危険があったのはクロの炎だったかもしれない。

「か、帰ったら……密室で火は使わないよう教えましょう」

虎太郎とれんげは、顔を見合わせ頷きあった。

褒められると思っていたクロは、尻尾を揺らしながら不思議そうにしていた。神使なので、酸素がなくても活動に支障はないらしい。

ちなみに、穴の向こうはだだっ広い草原だった。見渡す限り、草以外何もない。

穴から這い出すように外に出て、あてもなく歩く。

ようやく危険がない場所に出たので、れんげは虎太郎に今までのことを聞いてみることにした。

「ねえ、どうしてその布を使えば蛇が大人しくなるって知ってたの？　試練も一つじゃないって分かってたみたいだし」

虎太郎はその手に、毘沙門天が百足の背中から引き抜いた薄布を持っていた。先ほどの部屋で使おうとして、出番がないままそのままになっていたらしい。

「ああ、別に確信があったわけじゃないんですが」

そう言って、虎太郎は手にした薄布を見つめた。

「多分これは領巾（ひれ）です」

「領巾？」

「昔の中国とか、奈良時代の女の人とかが身に着けてた、肩から掛ける布ですね」

虎太郎の回答は、れんげの質問の答えとしては的外れだ。聞きたいのは布の説明ではない。

こちらが訝しげな顔になっていることに気づいたのだろう。虎太郎は慌てて言葉を続けた。

「最初におかしいなと思ったのは、椋の実でした」

椋の実とは、れんげが布袋からもらった木の実のことだ。

「それに赤土と、この領巾。まるで神話みたいだなって思ってて」

「神話？」

それらの要素が出てくる神話など、れんげは聞いたことがなかった。

「ええ。子供の頃に読んだ絵本なんですけど、根堅州国（ねのかたすくに）に住む素戔嗚（すさのお）が、娘と結婚したいと言う大国主にいくつも試練を出すんです。最初は蛇の部屋。次は百足と蜂の部屋――というふうに」

「それって……」

それはたった今、れんげたちが経験したのとまったく同じ内容だった。

「それで大国主は、素戔嗚の娘の須勢理毘売の助けを借りて試練を乗り越え、無事に彼女と結婚するってストーリーです」

確かに、先ほど恵比須こと事代主神は、『我が父が受けたる試練』と言っていた。事代主神の父親は大国主命だ。虎太郎の話とも符合する。

「じゃあ、次の試練は……」

そう言いかけたところで、れんげたちの目の前に矢が一本振ってきた。矢は二人から五メートルほど離れたところに、音もなく突き刺さる。

『その矢を取って参れ』

どこからともなく、そんな声が聞こえた。

れんげは言われた通りに矢へ近づこうとすると、虎太郎が腕をつかんでその足を止めた。

「どうしたの？」

尋ねると、虎太郎は苦々しい顔をして言った。

「次の試練は、あの矢を取ってくることじゃないんです」

どういうことだろうかと不思議に思っていると、どこかからちりちりと焦げ臭いにおいがし始めた。

咄嗟に先ほど飛び出した大穴に目をやるが、においの元凶はそこではないようである。

ちりちりと、草の燃える音がする。そしてあちこちから、黒々とした煙が昇っているのが見て取れた。

「次の試練は、火をつけた野原から脱出することなんですよ」

虎太郎の言葉に、ぞっと背中が冷たくなった。

⛩ ⛩ ⛩

『さて』

恵比須の目の前には、野焼きされた後の黒々とした大地が広がっていた。

そのすぐそばで、鯛が浮かない顔をしてふわふわと飛んでいる。

『このようなことを、する必要があったのでしょうか……？』

鯛の声は、今にも途切れそうなほどか細く静かだ。

そして恵比須は鯛を振り返ることもなく、重苦しい口調で言った。

『ここで死ぬようなら、それまでの人間ということよ』

『で、ですが！』

『やつがれには、父の不在中にこの都を守る義務がある。そのためには、あの娘が善であるか悪であるか量らねばならぬのだ』

恵比須は噛んで含めるように言った。

『示さねばならん。やつがれは不要ではないのだと。父に——母に。もう二度と、海に流されることなどないように……ゆくあてもなく海を漂うあの孤独には、もう戻りたくはない』

鯛はなんとも辛そうな様子で、返事もなく黙り込んだ。

——だが。

そんな恵比須と鯛の目の前で、黒焦げの地面が突然盛り上がった。

そしてそこから、たまりかねたように狐が飛び出してくる。

「ごほっ、ごほっ」

そのあとに続くれんげと虎太郎は、激しく咳き込んでいた。当然だ。火事が収まるまでずっと、地中の穴に隠れていたのだから。

二人のすぐそばで、白い鼠が誇らし気に胸を張っていた。

あの時——二人が逃げ込めるような穴の存在を教えてくれたのはこの鼠だった。その小さな口には、矢が一本咥えられている。

れんげは鼠からその矢を受け取ると、恵比須の目の前に突き出した。

「どうぞ。後はどうしますか？　頭の虱でも取りましょうか？」

火事のさなか、れんげは穴の中で虎太郎に先ほどの神話の続きを聞いていた。

古事記によれば、無事矢を手に入れた大国主は、素戔嗚の出す次なる試練へと向かう。それは素戔嗚の頭についた虱を取れというもので、実際にそれをしようとすると素戔嗚の頭に乗っていたのは実は百足だということが分かった。大国主は須勢理毘売が摘んできた椋の実をかみ砕き、赤土と一緒に地面に吐き出す。すると素戔嗚は大国主が百足を噛んで吐き出していると勘違いして、安心し眠ってしまう。その隙に大国主は須勢理毘売を連れて根堅州国を後にする。

れんげの挑発的ともいえる態度に、鯛はおろおろと空中を飛び回る。そんな鯛を見て、クロは今にも噛みつきそうな顔で唸っていた。

恵比須はといえば、一度も見たことのない硬い表情で口を引き結んでいる。

そこに――。

『よかろう！　お前たちを合格とする』

その場に、高らかな笑い声が響いた。

それは恵比須のものではなかった。

れんげたちの上空で、羽ばたきの音が聞こえる。大きな翼を持つ鶴の足に掴まれているのは、いつか見た福禄寿の姿だ。福禄寿は呵々と笑う。そしてその隣には寿老人が、大黒天が、布袋が、毘沙門天が、弁財天が。つまり七福神がそろい踏みで、れんげたちを見下ろしていたのである。もちろん一癖も二癖もある神使たちも一緒だ。

れんげと虎太郎は、その光景を茫然と見上げていた。

これに驚いたのは恵比須も同じだったようで、鯛と一緒に口を開けて仲間たちを見上げている。

『お前たち、何を勝手な……』

茫然という恵比須に、弁財天が詰め寄った。

『勝手なのはそっちでしょうが。妾たちは人に幸せをもたらす神。試練なんて今の時代に流行らないのよ』

一方で、福禄寿と寿老人は仲良く訳知り顔で頷いている。

『まさか人間がこの試練を乗り越えるとはのう』

『いやあ、儂はやると思っとったがなー』

『嘘つけ。耄碌したじじぃが』

『何、自分が耄碌してないとでも言うつもりか?』

しかし仲良しは長くは続かず、早速喧嘩をはじめていた。

『それに、妾たちまで欺けると思ったのがそもそもの間違いなのよ』

弁財天に指摘され、恵比須は押し黙った。

『酒でも飲ませておけば有耶無耶になるとでも思ったんでしょうけどおあいにく様。あんたの考えそうなことなんてお見通しなの。大体、妙だと思わなかった？　どうしてただの人間が試練を次々に乗り越えられたのか』

弁財天が意味ありげな笑みを浮かべる。恵比須ははっとしたように六福神の顔を見渡した。

『妾たちがそれぞれに、必要なものをそこな娘に与えておいたのよ。神の試練を人に与えようなんて、金輪際考えないでよね』

弁財天が面倒そうに言い放つ。

その言葉で、れんげは与えられた品物の数々が、恵比須を除く七福神がれんげを助けるために授けたものだったのだと知った。

『無事で何より』

その言葉を証明するように、布袋が慈愛の表情を見せる。今になって思えば、布袋に渡された椋の実が最初だった。

『よくやったな』

大黒天は怖い顔のまま鼠を褒めていた。鼠は嬉しそうに飛び跳ね、きゅーきゅーと甲高い声を上げる。この鼠も大活躍してくれた。

その衒いのない寿ぎに、虎太郎とれんげはようやく試練は終わったのだと息をつくことができた。

『ちょっと、あんたなんで百足掴んでるの？　かわいそうじゃない』

移り気な性分なのか、恵比須に詰め寄っていた弁財天が今度は毘沙門天に話しかけていた。

だが、宴会の席で喧嘩していたというだけあって、この二柱の仲もあまり良好ではないらしい。

『……』

『ねぇ、話しかけてるんだからちゃんと答えなさいよ！』

という具合に、見事に喧嘩になっていた。どうにも気の合わない七福神である。

唖然と成り行きを見守っていた恵比須だったが、とうとう観念したかのように硬く引き結んでいた口を緩めさせた。

『これはこれは……この六柱が認めたのであれば、やつがれとて認めぬわけにはいかぬな。お前たちは、見事に試練を潜り抜けた。だましたこと、許してくれよ』

恵比須の言葉に、れんげは無言を貫いた。

正直なところ自分だけでなく虎太郎まで命の危険に晒したので、そう簡単に許すなどと言えなかったのだ。

するとと恵比須は笑ってこう言った。

『せめてもの詫びに、そなたの願いをかなえることにしよう』

「え？」

何を言い出すんだと言い返そうとしたら、一瞬にして七福神もその神使も、その場から消えてしまった。

れんげたちはゑびす神社の前で、二人茫然と立ち尽くしていた。

鞄の中に入っていた道具の数々も、きれいさっぱりなくなっている。

だが、ずっと穴の中に隠れていたので全身汚れていたし、全身すすけてひどいにおいがした。

れんげたちはひどく脱力してしまって、運転手に嫌な顔をされながらタクシーで帰る羽目になった。

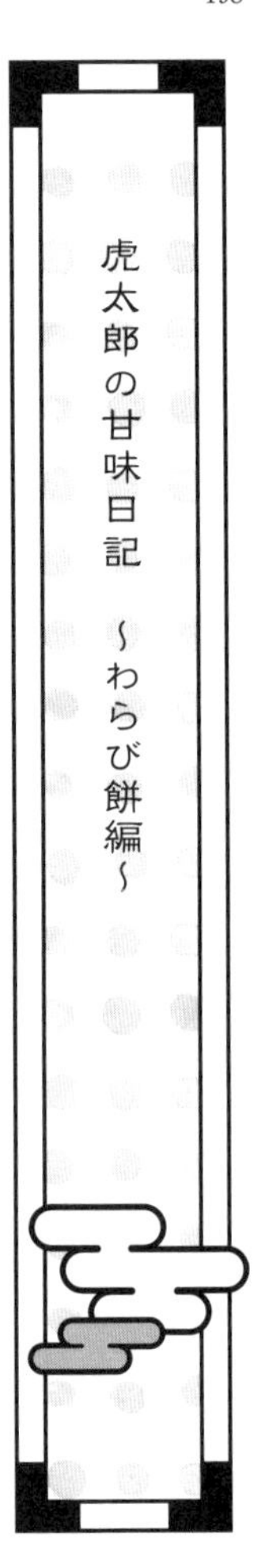

虎太郎の甘味日記　～わらび餅編～

少し時間が空いたので、虎太郎は仕事帰りのれんげを迎えに行くことにした。

今までは自分の性格からあまり強気に出られなかったのだけれど、七福神にまつわる一連の事件があって踏ん切りがついた。

自分が強引にでもついて行かなければ、年上の恋人はなんでも一人でやろうとしてしまう。

正直なところ、虎太郎がれんげの持ち帰ってくるものから例の神話を連想したのは、かなり早い段階でのことだった。

だから、やろうと思えば、あらかじめれんげに伝えることだってできた。

でもそれをせずに一緒について行ったのは、れんげ一人を蛇や百足に立ち向かわせるなんて、虎太郎自身が嫌だったからだ。

一緒に住んでいるからこそ分かることだが、れんげだって人並みに虫が嫌いだ。蛇はどうだか分からないが、女性で爬虫類が得意だと言う人はそう多くないだろう。

でもれんげはきっと、事前に神話の話をしていたら虎太郎がくることを固辞していたはずだ。虎太郎にはその確信があった。

迷惑をかけたくない。一人でできる。それはれんげの口癖だった。

自分が頼りないからかと、悩みもした。確かにまだ社会にも出ていない大学生で、嘘でも甲斐性があるとは言い難い。

それでも虎太郎は、この姉弟のような関係を変えていきたいと思っているし、れんげが気兼ねなく寄りかかれるような人間になりたいと思っている。

そりゃあ自分だって、別に蛇や虫が好きというわけではない。どちらかといえば苦手だと思う。大量の蛇が群れているのを見た時には、思わず血の気が引いた。

それでもやらなければと思った。れんげを、クロを、助けられるのは自分しかいないと思った。神話の話を黙っていたからには、何がなんでも試練を退けなければいけないと思った。

でなければ、ただの迷惑な男になってしまう。

だから、全員で無事に帰れた時には心底ほっとした。本当はちょっと泣きそうだった。我慢したけれど。

伏見桃山駅を出てぼんやりそんなことを考えていると、狭い路地にわらび餅の文字が見えた。

無意識に足がそちらに向く。

どうやらテイクアウトのみのわらび餅専門店のようだった。これは買わねばと、考える前に店先に立っていた。

店名は『わらび商店』。専業主婦の方が始めたお店らしい。店構えはまだ新しく、アットホームな雰囲気だ。

その店頭で、気になる物を見つけた。その名も『黒わらび餅キット』。

この本蕨粉を百パーセント使用したわらび餅は、賞味期限が非常に短く本当においしいのは三十分だという。

通常、お店で売られているわらび餅というのは、蕨粉ではなく甘藷澱粉（かんしょでんぷん）を使っていることが多い。なぜかというと、蕨粉は作るまでに手間がかかり、非常に高価だからだ。蕨の根をたたいて砕き、水を加えて澱粉を洗い出し、白くなるまで何度も水洗いと沈殿を繰り返す。

そんな蕨粉のみを使用した『黒わらび餅キット』は、食べる本人が簡単に出来立てのわらび餅を食べられるよう工夫したセットであるらしい。

なかなか値が張るのだが虎太郎は一も二もなく飛びついて、気づくと買い物袋を提げていた。

そのまま、れんげのことを迎えに行く。折よく不動産屋かられんげが出てきたので、大きく手を振った。

れんげは驚いた顔をしたものの、嫌そうではなかった。それがなんだか嬉しかった。

「どうしたの？　こんなところで」

迎えに来たと正直に言うのは、少しだけ躊躇われた。重い男だと思われるかもしれないと危惧したのだ。

黙っていると、れんげは駅に向かって歩き出す。虎太郎はその背中について行った。

すると、れんげがすぐに足を止める。虎太郎も同じように足を止めた。

それからしばらく、沈黙が続いた。

虎太郎はれんげのつむじを見つめていた。そうやって後ろから見ると、れんげが随分と小さく感じられることに驚いていた。

れんげはそっと振り返ると、少しだけ拗ねたような顔をしていた。

「喋りづらいから、並んで歩いてよ」

その申し出はあまりにも予想外で、思わず虎太郎は笑ってしまった。

れんげの眉間の皺が深くならないうちに、すぐさま彼女の隣に並ぶ。

それに満足したのか、れんげが再び歩き始めた。虎太郎はれんげを追い越さないようにしながら、その隣をゆっくりと歩く。

商店街は賑やかで、学校帰りの学生が楽しそうにお喋りしていたり、買い物帰りのお母さんが子供を宥めたりしていた。

「お母さん。うちあれ食べたい～」

「あかん、お腹ぽんぽんになるよ。晩御飯入らなくなるんやから」

同じ京都市内の商店街でも、錦市場のような観光者向けのそれではなく、大手筋商店街はあくまで地元に密着した商店街という雰囲気だ。

酒処だからか、居酒屋が多いのが特徴と言えば特徴かもしれない。

『れんげ様！　あれはなんでしょう？　我食べたいです』

さっきすれ違った子供と同じように、クロがれんげにお菓子をねだっていた。それにすかさずれんげが苦言を呈する。

「そんなこと言ってると、晩御飯食べられなくなるからね」

なんだかそれだけで、虎太郎の胸はいっぱいになってしまった。

こうしているとまるで――まるで家族みたいだ。

虎太郎は思わず、空いている手をれんげの手に伸ばした。

れんげは一瞬驚いたように肩を跳ねさせたが、虎太郎の手が払いのけられることはなかった。

それからしばらく、二人は黙って歩いた。

クロは店先に並ぶものに心奪われていて、こちらには意識が向いていないようだ。

「結局また迷惑かけちゃったね」

最初れんげがそう切り出した時、虎太郎は一瞬なんのことだろうと思った。

それからすぐに、ゑびす神社での出来事を言っているのだと気がついた。

「最初にゑびす神社に誘ったのは俺ですし、迷惑なんかじゃないですよ」

虎太郎としてはむしろ自分の方が責任を感じるくらいなのだが、れんげはなんでも一人でしょい込もうとする癖があり、自分の苦労を分け合うことが苦手なようなのだ。

そんなれんげの性格が、好ましくもありじれったくもある。

「でも……」

「でもやないです。遠慮ばっかされる方が俺は辛いです。俺はもう部外者やないですよね？」

こんな聞き方はずるいなと、自分でも思った。

れんげの性格からして、はっきり部外者だなんて言えるはずがない。

虎太郎は繋いだ手に力を込めた。

「俺はもう、家族やって思ってます。家族になってほしい思ってます。れんげさんのこと。家族が困ってたら助けるのは当然です」

思わず早口でそう言い切ると、れんげが唖然としたように口を開けていた。

「か……」

蚊の鳴くような声で、れんげが何か言おうとした。けれど。

『我は？　我も家族ですよね？　仲間外れは嫌です〜』

れんげの言葉を遮るようにして、クロが叫んだ。まるでしがみつくようにして、れんげの肩に顔を埋めている。

それを見ていたら、なんだかやけに楽しくなった。

⛩ ⛩ ⛩

帰宅して、早速黒わらび餅を作ることにした。本当は食後のデザートにすべきだが、我慢できなかった。

箱を開けて道具を取り出し、作り方に従ってまずは絞り袋の先端をはさみで切る。口金を付けた絞り袋を逆さにして深いコップに立て、わらび餅が入れやすいようにしておく。ボウルには氷水を用意。

なんだか理科の実験のようで、これなら子供でも楽しくできそうだ。

小分けにされた黒わらび粉、キビ糖、水をボウルに入れ、へらで擦り混ぜる。それを茶こしで濾して鍋に入れ、混ぜながら弱火で五分。

するとだんだん、わらび餅が固まってくる。焦がさないよう必死だ。火を止めてさらに一分練る。楽しい。

出来たらいよいよ生地を絞り袋に入れて、氷水の中に絞り出す。一口大にカットして完成だ。

味つけは、黒蜜、きな粉、和三盆、抹茶。ちょうど三人分なので、虎太郎とれんげ、それにクロで食べればちょうどいいだろう。

「夕飯前ですけど、ちょっとつまんでください」

虎太郎が黒わらび餅ののった皿をちゃぶ台の上に置くと、れんげは物珍しそうな目でそれを見た。

帰宅してから、れんげはやけに言葉少なだ。

虎太郎の家族宣言は、どうやら彼女には衝撃が大きすぎたらしい。何か言いたげにしているが、やっぱり言えないというような態度をずっと繰り返している。

「……わらび餅って自分で作れるんだ」

「意外に簡単でしたよ」

分量を量ったキットがあって作れただけなのに、ついそんな見栄を張ってしまう。

クロもその大きな目で不思議そうにわらび餅を見ていた。

虎太郎はまず、スタンダードなきな粉をかけて食べてみることにした。自分用の皿に、きな粉を贅沢に振りかける。

口に入れると、するりとほどけてあっという間になくなってしまった。わらび餅らしい独特の弾力は確かにあるのだが、食感があまりにも儚い。

「おいしいね、これ」

れんげの言葉に、よりおいしさが増したような気がした。クロも嬉しそうに口に運んでいる。

家族とは何だろうか。

祖母に育てられた虎太郎には、一般的な家族というものが分からない。

いつか自分も家庭を作るのだと言われても、それがどんなものなのか想像もつかなかった。

祖母が死んでしまった時、自分はこの世にたった一人で取り残されたように感じ、これからずっとこの寂しさを抱えて生きていくのだとその人生を受け入れていた。

けれどれんげと出会って、クロが家にやってきて、いつの間にかその考えが変わっていた。

もう、一人暮らしに戻ることなんて考えられなかった。

ちゃぶ台を囲んで、大好きな和菓子に舌鼓を打つ。一人でもおいしかったそれは、誰かと共有することでより一層おいしくなるのだと知った。

一度その喜びを知ってしまったら、知らなかった頃には戻れない。

こんな何気ない喜びを、きっと人は幸せと呼ぶのだろう。虎太郎はぼんやりと、そんなことを考えた。

エピローグ

「れんげさん、れんげさん！」

ある日、外回りに出ていた村田が事務所に飛び込んできた。ひどく慌てた様子で、れんげの名前を連呼する。

「ど、どうしたの？」

あまりにも慌てている様子なので、ウォーターサーバーからコップに水を注いで出してやる。

すると村田は、飛びつくようにコップを手にして、ごくごくと飲み始めた。

まるでビールのＣＭのような飲みっぷりだ。

そしてコップを口から離したと思ったら、三軒隣まで聞こえそうな大声で叫んだ。

「た、大変なんですよれんげさん！」

「だからどうしたの」

咄嗟にれんげは、自分の耳を押さえていた。普段の村田はおっとりと喋るので、完全に油断していたのだ。

「銀行の担当さんが突然、融資がＯＫになったってゆわはって！」

そのあまりの勢いと大声に思考停止していたれんげは、しばらくして村田の言葉の内容を理解し、驚いた。

「本当に？」

今のところ、融資の決定が覆るような案は出せていない。それなのに一体何があったのかと半信半疑だった。

村田自身、信じられないという表情だ。

「ほんまですよほんまに！　ええー、信じられへん。恵比須様の言う通りにしたおかげやろか」

村田の言葉に、れんげの顔が少しだけ引き攣った。

言う通りにした――というのは、夢枕に立った恵比須の言う通りれんげに町家の目玉探しをさせた件だろう。

恵比須の試練を終えて無事に仕事に復帰したれんげは、虎太郎の意見や今まで出歩いた京都の観光地のデータをもとに、企画書を作成している最中だった。

だが、企画書を出す前に融資が通ったのはなんとも微妙な気持ちだ。喜ばしいのは間違いないのだが。

すると突然、事務所の神棚から恵比須が姿を現した。右手に釣り竿、左手に鯛を抱えた絵にかいたような恵比須様だ。

『ほっほっ、気に入ってもらえたか？』

試練を与えた時の苛烈さなど忘れ去ったかのように、笑いながら恵比須は言った。

れんげは茫然と、それを見つめている他なかった。

『お前は見事、試練を乗り越えた。ならばそれに報（むく）いるのが神というもの』

「な！」

思わず叫びかけたものの。

「びっくりしますよね？　私もびっくりですよ」

楽しそうに相槌を打つ村田に、思わず口を閉じた。

村田が驚いていないところを見ると、彼女に恵比須の姿が見えていないのは間違いないだろう。

れんげは深呼吸をすると、心の中で恵比須に問いかけた。

あんなことがあった後なのだ。

恵比須の姿を見て、警戒するなという方が無理だろう。

『どうしてこんなところに！』

れんげの動揺などお構いなしに、恵比須はなんでもない顔で首を傾げている。

その姿はユーモラスで、海辺で見せたもの静かな一面などなかったかのようだ。

『どうしても何も、言ったであろう？　願いを叶えると』

そう言われてやっと、恵比須との別れ際に聞いた、願いを叶えるという言葉を思い出した。確かに最初に虎太郎とお参りをした時、融資について祈った気がする。

あの時はまさか、七福神に殺されかけるなんて想像もしていなかったからだ。

れんげは思わず、顔をひきつらせた。

神様の力で融資を引き出すなんて、あまりにも非現実的だ。

『そんな馬鹿なことっ』

元来、れんげは神頼みを良しとしない性格だ。もちろん神様関連の困りごとで他の神を頼ることはあるが、自分のことに関しては祈るよりも努力で解決した方が確実で早いと思っている。

そしてそんなれんげにしてみれば、恵比須の力によって融資が通ったというのは真実であればかなり複雑な事態だ。

『強情だなあ。だが、一度聞き届けた願いはなかったことにはならん。観念して商売に励めよ。やつがれはいつでも見守っているぞ』

言うが早いか、恵比須は神棚に引っ込んでしまった。鯛もなんだか嬉しそうに跳ねて、恵比須の背中に続く。

残されたのは、茫然とするれんげとクロ、それに上機嫌の村田である。

「ちょうど今度二十日ゑびすやし、久しぶりに行こかな。れんげさんも一緒に行きませんか？　案内しますよ」

二十日ゑびすとは、例のゑびす神社で行われるお祭りだ。

冗談じゃない。あんなところには二度と近寄りたくない。次はどんな無理難題を押し付けられるか、分かったものではないからだ。

村田の無邪気な提案は、れんげによって断固拒否されたのだった。

◎主な参考文献

『七福神の謎77』武光誠　祥伝社
『新版 古事記 現代語訳付き』中村啓信　角川学芸出版
『末富の京菓子』山口祥二　淡交社

◎協力

京都弁監修：カンバヤシ
和菓子イラスト監修：かぎ甚

虎太郎のオススメ京都甘味案内

かぎ甚 えびす焼

御菓子司　かぎ甚
京都市東山区大和大路通り四条下る
小松町１４０

京都ゑびす神社の「ゑびす大祭」に合わせて販売される和菓子。「えべっさん」の顔の焼印がついたカステラ生地が、粒あんを包んでいます。福々しい顔と福耳が特徴的。

商売繁盛の神である恵比須様を象っているだけあり、縁起物として親しまれています。しかしこの和菓子はレア物で、一年のうちたった五日間しか販売されません。毎年一月の「十日ゑびす大祭」の三日間、十月の「二十日ゑびす大祭」の二日間だけなのです。

可愛らしい見た目もあってＳＮＳ映えすると人気になっています。ゑびす大祭を訪れる際は立ち寄ってみましょう。

鍵善良房(かぎぜんよしふさ)
くずきり

鍵善良房 四条本店
京都市東山区祇園町北側264

葛粉と水だけを使った極上のくずきり。二段になった抹茶色の容器に入っており、上段に黒蜜、下段にくずきりが入っています。半透明で平麺状になったくずきりを、黒蜜に漬けて食べると、薫り高い甘さと冷たいくずきりが口の中で調和します。つるりとしたくすぎりは独特のコシと弾力があり、するすると滑っていくように喉へと流れていくのです。この清涼感がたまらない。

厳選した材料を使用しており、葛粉は吉野大宇陀・森野吉野葛本舗のものを。黒蜜は沖縄から取り寄せたものを使用しています。

まめものとたい焼き
たい焼き

錦一葉&まめものとたい焼き 錦市場店
京都市中京区東魚屋町185-2

「株式会社 石田老舗(いしだろうほ)」の焼き菓子技術と、カフェプロデュースを担う「株式会社トーヤ」と生み出した「まめものとたい焼き」。錦市場にあるのは京都宇治茶の「錦一葉(にしきいちは)」とコラボ店舗。まるっこいたい焼きが限定フレーバーも加えて販売されています。

このたい焼きの中でも特に注目なのが、賞味期限がたった一分の「あんバター」。あんの中に挟んだバターが溶けきるまでに食べないと、生地にバターが染みて味が変わっていくのです。濃厚なバターと甘い餡子が刻々と変わるコラボレーションが楽しめます。

仙太郎（せんたろう）
粽 -ちまき-

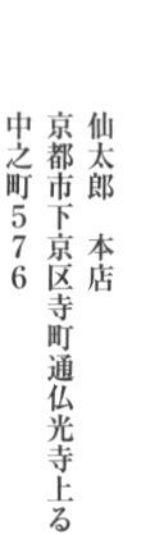
仙太郎　本店
京都市下京区寺町通仏光寺上る
中之町576

柏餅とともに、関西では五月五日の「端午の節句」に併せて粽が定番です。厄除けとして飾られる粽と形状は同じですが、こちらは中に餅が入っているもの。米粉を練って作った餅を、笹の葉で巻き締めています。仙太郎の粽は、五本を一束にして、菖蒲の花を付けています。

素材がシンプルなだけに、米粉と笹の素材そのままの香りが爽やかに口の中で広がります。飾っても楽しく、味わっても楽しい、季節を感じさせるお菓子です。端午の節句が近づいたら予約してみましょう。

亀屋良長（かめやよしなが）
スライスようかん

亀屋良長
京都市下京区四条通
油小路西入柏屋町17－19

薄くシート状にした羊羹。これをバターとともに食パンの上に載せて焼けば、小倉バタートーストが出来上がり。とろけたバターと羊羹が、甘くて濃厚な味わいを与えてくれます。それをパンに載せるというアイデアが面白い一品です。羊羹をスライスしてシート状にするだけでなく、

味は「小倉バター」だけでなく「ラズベリー」や「さつまいも」があります。そこに「焼き芋」や「CACAO」「春のベリー」などの季節に合わせた味も加わっています。食パンを彩ってくれる新しい形の提案が、ヒット商品になっているのです。

といろ by Tawaraya Yoshitomi 月の色～祇園祭～

といろ by Tawaraya Yoshitomi
京都市下京区烏丸通塩小路下ル
ジェイアール京都伊勢丹B1

「十人十色の想いを届けるための和菓子」をコンセプトとして、俵屋吉富が手がけた新ブランド。様々な「いろ」をお菓子に込めており、まるで宝石箱のようにカラフルなのが特徴的。季節ごとにデザインの変わる琥珀菓子や松露は、見て楽しむこともできる可愛さ。イラストになっているのは、祇園祭に合わせて作られた「月の色～祇園祭～」で、琥珀糖と落雁がセットになっています。山鉾と赤い網隠しを象っているのです。

この他にも可愛らしいお菓子が季節ごとに登場しています。どんな新しいデザインが出てくるのか、楽しみになります。

阿闍梨餅本舗 京菓子司 満月
京銘菓 阿闍梨餅

阿闍梨餅本舗 京菓子司 満月 本店
京都市左京区鞠小路通り今出川上ル

虎太郎が魅了され、和菓子好きになるきっかけとなった京菓子。狐色の生地は餅米が使われているのでもっちりしており、その中に粒あんがたっぷり詰まっています。もちもちとした食感と甘さ控えめの餡のおかげで、何個でも食べられてしまいそうです。

「阿闍梨」とは比叡山で修行する僧のことで、彼らは厳しい修行中に餅を食べて耐え凌いだとされます。それにちなみ、彼らが被る網代笠を象ったこの京菓子は「阿闍梨餅」と命名されました。

店名と同じ名前を冠した「満月」とともに、京銘菓として親しまれています。

有職菓子御調進所 老松
夏柑糖

有職菓子御調進所 老松 北野店
京都市上京区社家長屋町675－2

夏みかんをくりぬき、まるごと容器にした涼菓。搾った果汁と寒天を合わせたゼリーが、容器の中でふるふると揺れています。ほろ苦い夏みかんの味わいが、キラキラとした寒天によって固められているのです。夏みかんの酸によって寒天が固まりにくいので、少々固めになっているのも魅力的。さっぱりとした味わいが清涼感を与えてくれます。

戦後から変わらぬレシピで作られている優しい味。日本原産の夏みかんを維持するために、萩と和歌山の産地とも協力しています。四月から七月あたりまで、夏みかんの時期だけ販売される、季節限定菓子です。

小倉山荘（おぐらさんそう） 寄石恋（いしによするこい）

長岡京 小倉山荘
長岡京市今里蓮ヶ糸45

瑞々しいゼリーの中に丹波黒大豆が浮かぶ涼菓。「いしによするこい」と読むこの涼菓は、百人一首の歌を元にしており、片想いの切なさが込められています。人知れず涙する恋慕の情を、水底の石になぞらえており、それがゼリーと黒豆で表現されています。

もっちりとした弾力のあるゼリーの中には柔らかく煮られた甘い黒豆。ふんわりとした風味が口の中に広がります。ひんやりと冷やして食べたい、夏のお菓子。ゼリーではなくわらび餅で包まれている種類もあります。

夏限定商品なので、見かけたら逃さないようにしたい、愛おしいお菓子です。

笹屋伊織（ささやいおり）アフタヌーンティー

笹屋伊織 別邸
京都市下京区朱雀堂ノ口町20－4
ホテル エミオン 京都1F

老舗京菓子店「笹屋伊織」がホテルエミオン京都の中にオープンさせた「笹屋伊織 別邸」。この中にあるカフェ「イオリカフェプレミアム」の名物が、和菓子とお茶を楽しむアフタヌーンティーです。季節によって変わる和菓子が、竹細工のスタンドに並んでいます。定番のもちどらサンドや伊織のおはぎの他に、最中やゼリーなど盛りだくさん。お茶はコーヒーや紅茶、ほうじ茶、煎茶などから選ぶことができます。

開放的なカフェで贅沢な時間を楽しむなら、この和のアフタヌーンティーが最適です。

宝島社
文庫

京都伏見のあやかし甘味帖
神無月のるすばん七福神
(きょうとふしみのあやかしかんみちょう　かんなづきのるすばんしちふくじん)

2022年5月24日　第1刷発行
2022年6月30日　第2刷発行

著　者　柏てん
発行人　蓮見清一
発行所　株式会社 宝島社
〒102-8388　東京都千代田区一番町25番地
電話：営業 03(3234)4621／編集 03(3239)0599
https://tkj.jp

印刷・製本　株式会社 広済堂ネクスト

ISBN 978-4-299-02915-7